비아 돌로로사

비아 돌로로사

김석 시집

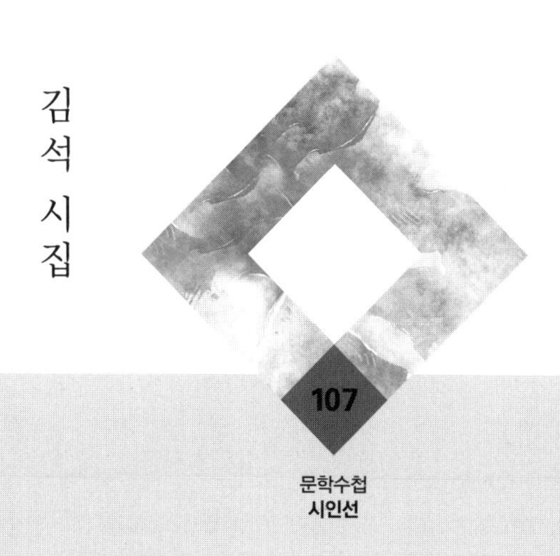

문학수첩
시인선

문학수첩

| 시인의 말 |

슬픔과 수난의 길이란 뜻의 비아 돌로로사 14처소 연작시는 70 나이테 성지 순례 후 3년간의 구상과 2년의 집필 과정을 거쳤습니다. 나는 순례와 집필에 앞서 예루살렘과 골고다에 관한 성경과 성경 주석 등 자료들을 한결같은 마음으로 두 손 모아 읽었습니다. 또 20여 년간 현재鉉齋 김흥호 선생님의 성경을 근간으로 생각 없는 생각의 동서 사상 공부와 허중虛中 이명섭 교수님의 엘리엇 강해에서 많은 도움을 받았습니다.

우리가 우리의 땅을 금수강산이라 하듯 성경은 요단강 건너 땅을 가나안 복지라 했습니다. 그러나 유럽인들이 약소민족 가나안의 영토를 분할, 지금은 팔레스티나로 개칭해 부르고 있습니다. 우리의 몇 신학자들은 8·15 광복을 이스라엘의 출애굽 사건으로, 우리가 꼭 분단을 위해 광복된 것처럼 지금의 우리나라 모습을 바빌론 포로 시절 분단된 유대 민족의 나라 꼴에 비유했습니다. 나 또한 상당 부분 공감하고 있습니다.

나는 십자가를 지고 예수가 걸었던 분쟁의 땅 팔레스티나의 비아 돌로로사 14처소의 십자가와 부활 사건의 현장에 분단되고 분쟁 중인 조국의 어제와 오늘을 대입해 수평과 수직으로 생각해 보았습니다. 성경이 말한 복된 땅 가나안, 예수가 십자가를 지고 걸었던 척박 14처소 길을 걸으면서 상식과 이성으로 나를 내려놓았습니다. 마른 남새밭 한 줄금 물이랄까, 호롱불 영성이랄까, 거죽 나를 내려놓아야 근원 내가 보인다는 로마서 1장 3~4절 말씀을 붙들었습니다. 1처소에서 10처소까지는 내 눈으로 본 것과 기록한 책들의 도움을 받았고, 11처소에서 14처소까지는 성묘교회 안에 있어 딱히 구분할 필요가 없었습니다.

기독교는 십자가즉부활十字架卽復活이란 역설로 압축됩니다. 이 역설을 밑힘과 믿음으로 나는 분쟁의 땅 팔레스티나와 분단 조국의 70년과 지금을 시 속에 병치시켰습니다. 그러나 관념으로부터의 탈출이 시임을 생각해야 했고, 주의시의 특성상 제재의 광활함과 주제의 확집確執 또한 붙잡아야 했습니다. 때문에 진술을 통해 이미지를 전개시켜야 했지만 진술의 탈출을 위해 병풍을 펼치듯 영상 기법과 동시동존의 돌올突兀한 이미지, 패러디, 모순 형용, 연과 행에 독립감을 주면서 시의 연계를 위해 단장斷章으로 썼습니다. 제재의 감수와 평석評釋을 써 주신 이명섭 교수님, 교정을 맡아 준 주원규 시인, 아내와 함께 성지 순례의 길을 도와 준 아이들, 시인수첩 편집진에게 감사의 말씀을 드립니다.

김석

차례

프롤로그

오월 한 날 극동
이방의 순례자 나는
은하계銀河系 별빛 목마름으로
마른버짐처럼 땅 팔레스티나로
새끼나귀를 타고 오셨다는 성삼위聖三位
비아 돌로로사 예수의 14처소의 길을
뛰는 가슴, 두 손의 목마름을 여미며
사람의 아들 예수가 걸었던 길 찾았습니다

유대인들이 떡집이라 부르는 베들레헴부터
비아 돌로로사[1] 채찍과 눈물로 14처소 길
왜 그래야만 했을까, 분단 지금 내 조국처럼
한 조상 아브람과 아브라함, 선민의식의 후예들
가나안 복지라는, 팔레스티나 땅 요단강과 갈릴리
무덤 없는 골고다와 찢긴 성벽 통곡의 길을 걸었습니다

척박의 땅 팔레스티나 하늘 꿈 사람들은
땅 위 선민이란 하늘 백성 됨의 순결을 빙자
칼과 불 들고 물어 형제에게 던지는 못난 일들을
찢고 찢는 미움으로 하늘, 하늘 위의 속까지 적의
칼 잠 속의 평화 위해 쇠 울타리의 공사가 한창인
하나님의 아들이 태어나셨다는 약속의 땅 베들레헴
예수 탄생 베들레헴은 아침 햇살 아래 철책 공사 중
앳된 유대 여자 군인들, 불안으로 나는 입성이었습니다

한 날 예수가 던진 말이었습니다
칼을 품고 형제 앞에서는 웃음을
돌아서 더욱 칼을 가는 족속들이여
땅에 화평을 주려고 내가 온 줄 아느냐
형제 미워서 웃는 너희들에게 칼을 던지려

불 이빨 불 눈물 불춤을 던지려고 내가 왔노라
히잡과 차도르 무슬림 여인들과 등굣길 아이들
카키색 여자 군인들 총 멘 채 아이들 곁 스쳐 갔습니다

동방 박사들이 별빛 은하계 안내를 받아 왔던 길
앞서가던 별이 머문 한 밤 유대 땅 베들레헴은
파장 뒤 밤하늘처럼 별 눈들이 강보에 뉜 한 아이
까만 수염 사내와 암나귀처럼 다소곳 눈망울 여자
별 지붕 아래 말구유는 생피 냄새와 한 개 촛불뿐
생피 냄새 말구유를 찾아온 동방의 박사들은
별 지붕 별 아래서 별 눈으로 뉜 아기를 만나고
말구유에 뉜 아이에게 황금과 유황과 몰약沒藥 향
신 포도주 우슬초에 적셨던 맛처럼 몰약을 끝으로
입술 덮은 수염을 떨며 구유 아이에게 세 번의 절
오던 길 말고 다른 길 따라 베들레헴을 떠나라는 별들

수런거리는 별빛 소리를 보고 한밤 길을 재촉 떠났다는

예수의 땅 위 공생애 3년 하루 하룻날은
머리를 두고 눌 곳이 없었던 별빛 베개와
하루살이의 투명 창자처럼 진공眞空이었고
'울'과 '오! 늘' 묘유妙有 3년이었습니다
별 없는 낮 하늘의 별 계율을 가르치다가
낮 사람들 덫에 걸렸던 사람의 아들 예수
사람의 아들 예수의 고향이었던 베들레헴은
마른 아침 햇살 속 땅 사내들이 알루미늄 철책
사닥다리 알루미늄 타고 철책 공사 중이었습니다

슬픔과 비탄으로 길, 라틴어로 VIA DOLOROSA
예수가 맨발이기도 했던 33년 팔레스티나 지상 길
다윗 혈통이었지만 평생 먹줄 놓고 잡아 목수 요셉

목수 요셉 족보에 오른 예수의 마지막 세상길이면서
납작 세상 삶에서 하늘마음 사람들의 하늘나라 꿈 터
유월절 피 절기 맞춰 걸어야 했던 골고다까지 진탕 길
도살장에 끌려가는 양처럼 예수의 수모와 모멸의 길을
맨발 예수의 멍과 멍울 피 길바닥, 왜 그래야만 했을까
아멘과 회의 엇물린 맷돌 마음으로 나는 걸어 나갔습니다

칼에 대해 반드시 칼을 던져 답을 해야만 했던 때
칼날을 두드려 보습이라 외쳤던 사람의 아들 예수
십자가 진 예수가 걸었다던 비탄과 슬픔으로 길은
율법 유대인과 무슬림 사람들의 난마처럼 저자 길
비아 돌로로사 14처소의 잿빛 저자 골목 골목길을
분단과 실향의 사람 나는 고개 들어 마른 땅을 보고
고개 숙여 가나안 하늘을 생각하며 걸어 나갔습니다

14 처소의 단장斷章

제1처소

비아 돌로로사, 1처소의 길은
유대 총독 빌라도의 근무처입니다
본디오 빌라도라는 유대의 총독이
세 치쯤 수염 대제사장 가야바와
유대 율법사들과 구경꾼들 앞에서
하나님의 아들 예수 그리스도에게
사람의 아들인 그리스도 예수에게
면류관 가시를 씌어 사형 선고를 내린 재판정
로마의 재판정 안토니우스 요새부터였습니다

돌아보니, 죽어 산 예수와 나의 만남은
중학 시절 언덕 위 종탑과 작은 예배당
비가 그친 하늘엔 더러 무지개가 둘렀고
땅에는 실루엣처럼 아지랑이가 일렁거린 때였습니다
풍금 소리가 파도를 재웠던 작은 예배당의 그 시절

물 먹은 밤하늘 은하 길은 하나님의 편지였습니다

헐렁 검은 예복 마른 체구 목사님 말씀은
천국은 씻은 눈과 겸손의 허리띠
꽁보리밥일망정 먹은 뒤의 밑힘처럼
믿음은 바라는 것들의 실상이요
보지 못한 것들의 안쓰러움을, 에둘러서 불확실로 증거
검은 예복 위 하얀 방울 침들 안간힘 증거함이었습니다

1처소 길에서 보이는 예 솔로몬 성전 터
라마단이면 온 낮을 반드시 굶어야 한다는
마호메트의 휴거 이슬람 황금 돔 예루살렘
한 핏줄 아브람의 아들 이스마엘 후예 이슬람과
선민 아브라함 아들인 이삭의 후예 유대 랍비들
랍비들의 삼백육십오 지켜야만 하는 유대 율법과

이백사십팔 하지 말라, 육백열셋 율법 유대를 붙들고
통곡의 벽 이 저편 갈려서 참치부제參差不齊였습니다

내가 사는 휴전선 가까이 숲속마을 풍동楓洞
숲 마음이 그리워 숲을 심은 숲속마을 풍동
복층 상가 꼭대기는 하늘가족 소망교회입니다
하늘가족 소망교회 밑은 한밤이면 신음 소리가
교회 천장에 유령거미 울음으로 메아리친다는
하늘 소망 꿈 부모 위한 노인요양원이 있습니다
하늘 소망 노인요양원 아래는 '꼭 집어' 영수학원
꼭 집어 학원 아랜 24시 비디오방과 웰빙 간이주점
웰빙 간이주점 아래는 아름 성형외과와 사과향기 치과
아름 성형과 치과 밑은 동네 서비스 제일 1+1 슈퍼마켓
슈퍼마켓 지하 몇 계단 내려가면 '스타'노래방이 있습니다

복층 상가 엘리베이터 출입구 바닥엔 어지러운 전단지
전단지 밟은 포동포동 아이들 손엔 더운 김 햄버거
남은 손과 눈은 나비가 거미줄에 파닥거리듯 핸드폰
폰 속은 어미 나라와 아비 말씀은 싹둑, 퉤퉤, 도리질
폰 속 가상공간 아이들이 거미들 눈처럼 달려 있습니다
저승길 하얀 살풀이춤으로 눈물 웃음 찍어내듯 교회는
부활절이면 땅 교회들은 세이레 하얀 금줄을 두릅니다
십자가에 흰 천 둘러 세이레 특별 새벽기도 모임이요
한 글 한 말씀 조국은 두 편 잘려 무지갱 구렁텅입니다

예루살렘 성안 사람들은 외쳤습니다
기존질서 헝클린 나사렛 사람 예수보다
근육질 사내 바라바를 차라리 놓아 달라고
환청이었을까, 방금이듯 2천 년 전 그때의

몸짱, 바라바를 더 원한다는 군중들의 함성은
솔로몬 옛 성전은 무슬림 금빛 돔 지붕의 찬란한 빛
흰옷 늙은 랍비들과 검은 옷 젊은 랍비들이 울부짖는
통곡 벽의 적막 찢는 울음소리가 귀에 메아리입니다
메아리는 분단 조국 끊어진 판문점 철조망에 매달린
분단 실향 우리들 적막 비원 괴발개발 붉은 글씨들처럼

율법 중 무저항의 최상 율법 산상수훈은
우리네 동학혁명 때 사발통문沙鉢通文처럼
권력자들에겐 불안과 공포 유언비어였지만
사람들에겐 몸, 맘, 얼, 존심을 일깨웠습니다
일깨움이 권세가들 덫에 걸려 예수가 진 십자가
십자가 예수가 사흘 밤낮 땅속까지 내려섦으로
십자가는 사통팔달 수직 수평 부활이 되었습니다

다비드 왕 비파 든 거룩한 성채 예루살렘은

유대, 이슬람, 순례 기독교도들이 뒤엉키어서

이천 년 전 그때보다 더욱 왁자지껄 길바닥

팔레스티나 검은 옷 검은 눈길들이 한밤처럼

종종걸음 새끼들 곁을 침묵 여인들이 뒤따르고

1회용 기념품들 천국, 진흙 저자 길로 이어지는

제1처소는 헤롯 왕 안토니우스 요새로부터였습니다

제2처소

비아 돌로로사, 2처소의 길은
채찍 기념 교회가 서 있는 곳입니다
별 헤듯 하늘 법 예수에게 사형선고
병정들 로마가 예수님의 옷을 벗기고
채찍과 희롱과 웃음을 가했던 곳입니다

인자人子이면서 신자神子였던 예수 그리스도가
하늘 향해 두 손을 포개는 종려나무 밑동처럼
하늘에서 땅속까지 바로 서는 삶 법을 말했던 곳
그때의 제국 로마의 법과 결탁했던 종교 지도자들과
유대의 지도자들은 별 하늘 향해 주먹질이었습니다

하늘 사람 예수를 초달超撻했던
낮 사람들이 점령했던 예루살렘
유대 나라 제3시에서 제9시는

우리 시간 상오 9시에서 하오 3시 사이
예수가 새끼 나귀를 타고 예루살렘 성문 입성
침묵 깨는 하늘 법에 재갈 물려 옷을 벗기고
찢긴 살점, 마른 피 이마에 히브리어와 라틴어
유대인의 왕이란 가시 면류관 박아 씌운 곳입니다

人子 예수를 초달, 예루살렘 밤은 깊어 가고
로마 군인들 가죽 회초리 치도곤도 멈췄습니다
침묵 속 신음神音처럼 예루살렘 사람들 집 닭 울음
두세 번 닭 울음 뒤 절망 새벽을 울부짖는 베드로
시몬 베드로에게 예루살렘 밤은 멀고 깊었습니다

절망 새벽을 울던 베드로가 깜빡[2] 졸았습니다
시몬아, 깜빡 졸음 속으로 흰옷 예수의 목소리
갈릴리 어부 시절 형제 안드레와 젖은 그물 말리다가

손 물기 그대로 예수 만났던 때의 베드로는 생각했습니
다

나이와 세상 물정 한참 아래 예수의 갈릴리 호숫가 말씀
을

시몬아, 디베랴 호수의 살진 물고기들 말고 갈릴리 본래
의

푸른 물결 갈릴리 사람들 갈릴리를 낚는 어부가 되라고
했던

디베랴 아닌 갈릴리 물결 깊은 데 그물을 내리라 했던 예
수를

로마 황제 이름 디베랴 호수에 예수가 손을 담갔던 때의
모습을

불연 회리바람이 갈릴리 호수 휩쓸었던 때 예수의 물속
얼굴을

회한으로 눈물 눈 비볐지만 베드로는 다시 주저앉고 말

았습니다

진리를 묶어 놓고 진리를 물었던[3]
본디오 빌라도, 유대의 총독 빌라도는
박힌 손톱 아래 가시처럼 예수를 넘겨주면서
화톳불처럼 붉은 손을 들어 빌라도의 말이었습니다
권력의 괴뢰 빌라도가 고인 침을 뱉듯 말이었습니다

보라 이 사람이다[4]
Ecce Homo(요 19:5)

제3처소

비아 돌로로사, 3처소의 길은
목수의 아들 예수가 사자들 언덕 골고다
예수가 골고다 길 오르다가 몸이 처음 쓰러졌던
피와 땀방울과 사람들 비소가 버물린 곳입니다
베들레헴 언덕 새벽이슬처럼 여자, 마리아
마리아의 이슬 몸을 빌려 새벽이슬 땅에 오신
하늘 하나님의 아들 예수, 사람의 아들 예수는
때로부터 나사렛 목수 요셉의 맏아들로 서른 나이
옹이 손바닥과 굽은 허리 아버지의 뒤를 따르며
한 채 또 한 채 사람들 집을 짓고 지어 나갔습니다

시숙時熟이랄까, 그의 때가 이르자 사람의 아들 예수는
30 나이테 예수는 목수 아들 일을 접고 갈릴리를 출발
사대문 서울 안에서 개성과 인천쯤 왕복 거리 길을 선택
하늘 진짓상 법과 하늘 숨님으로 나는 땅에 보내졌노라

고

나의 말을 먹고 말을 마시는 자는 목이 마르지 않으리라

는

낮은 목소리 깊은 말씀으로 사람들에게 천국을 선포

3처소의 길은 사람 성정 서른셋 장년 나이 예수가

십자가를 지고 걷다가 지쳐 쓰러진 처음 터였습니다

형형 순례자들 따라 오르막길 비아 돌로로사

검은 옷차림 아르메니아 신도 여남은 만났습니다

여남은 사람들 앞서 덥수룩 수염의 아르메니아 수首

생목 십자가 首 뒤를 아르메니아 성도들 따랐습니다

아르메니아 성도들 뒤를 따르며 왜 그래야만 했을까

극동 순례자 우리들은 예수 나를 오라 하네, 예수가 나를

주의 인도하심 따라 겟세마네 동산까지 느린 찬송 가락

차츰 기어드는 목소리 찬송가뿐

우리들은 그들 앞설 수가 없었습니다

생목 십자가를 추스르는 아르메니아 首의 회색 수염
십자 목걸이가 땀에 엉켜 부딪다 떨어지는 흰 목덜미
고개 숙여 뒤따르는 침묵 아르메니아 순례의 사람들
구레나룻 땀 수염 생목 십자가에 엉킨 채 걸었습니다
首의 하얀 땀 목덜미와 검은 옷 사람들 침묵 행진
예수가 십자가를 멘 팔레스티나의 한낮 저자 길
십자가 짊 없는 무리들 속 나는 참 부끄러웠습니다

제4처소

비아 돌로로사, 4처소의 길은
십자가 지고 걸어가는 아들 예수의 눈과
어머니 마리아 눈이 부싯돌 불처럼 곳입니다

팔레스티나 동풍 오월 사람들 저잣거리
까만 눈 누런 콧물 맨발 사내아이 두 눈과
잿빛 히잡 눈곱 낀 여자 손 위 몇 닢 지폐 놓였습니다
조국은 가정의 날 오월, 밥 먹는 문제 두고 재신임
서울시장 보궐 선거, 선거는 아이들에게 무조건 밥이다
차츰 밥 먹는 법으로 확대입니다
~이다 와 ~입니다. 어둠에 햇살이 물러나듯 뻔한
팔레스티나 마른 저자 바닥 햇살 길을 걸어 나갔습니다

4처소의 찢겨서 더러 돌부리 길바닥은
어머님 보십시오. 당신의 아들입니다

지금 우리 땅바닥까지 시쳇말 윤리로 치면 미혼모

약혼한 처자의 몸으로 마리아, 마리아는 율법 돌팔매라도

처녀 몸으로 당신의 뜻을 따르겠다는 서리 찬 다짐

어머니 마리아가 생목 십자가에 눌린 목 육친의 아들을

눈물 가득 어머니 앙가슴과 예수의 눈을 맞았던 곳입니다

제5처소

비아 돌로로사, 5처소의 길은
디아스포라 구레네 사람 시몬의 행적과
성 프란체스코 삶을 기념, 기념교회 있는 곳입니다
수사 프란체스코는
땅 위 예수가 걸었던 3년 하늘 삶 법을 받아
가난한 맘 빈궁 몸을 꿰매어 살았던 사람이었습니다
성지 순례의 길 기도하며 새벽 가슴에 품어 읽었던
수사 프란체스코의 기도가 샘물처럼 올랐습니다

내 주, 예수 그리스도여
한 가지 나의 소망은
당신이 수난에서 견디었던
그때의 그 고독과 그 고통을 제 육체와 영혼에
아, 십자가 당신의 그때 그 절대 고독과 고통을
제게도 체험할 수 있도록 허락해 주십시오.

간절히 바라오니 또 한 가지 소망은

그 어떤 고통도 사랑으로 감내할 수 있는

주님께서 몸을 찢어 보였던 사랑의 계율을

한 번이라도 저에게 감당하는 기회를 허락하십시오.(오병학, 《성 프랜시스의 생애》, 206쪽 참조)

아물거리는 기도, 프란체스코는 쓰러졌습니다

얼마쯤일까 쓰러졌던 프란체스코가 일어나니

두 손과 발등 옆구리에서 통증이 일었습니다

신음이 잦아든 새벽 프란체스코의 몸에

분명 그것은 신이神異면서 신음神音이었습니다

꿈결이듯 신음呻吟과 신음神音이 스쳐 간 상처 터

작은 동네 아시시 형제들에 둘러싸여 프란체스코

옆구리와 양쪽 손발에서 붉은 피가 흘러나왔습니다

예수가 산에 올라 가르쳤던 산상수훈 여덟 계율처럼
거룩한 가난과 거룩한 빈궁과 하늘 우러름을 위한
작은 형제단과 프란체스코 수사 기념 수도원 교회
사람의 아들 수사 프란체스코 거룩한 상처를 기념
작은 손톱과 선한 발길의 삶 법과 하늘마음을 기려
작은 손 큰마음 형제들 오늘 기념교회가 있는 곳입니다

작은 형제들과 성 프란체스코
기념 교회가 있는 5처소 길목에는
유대 유월절 절기를 찾은 사람들 틈서
사람의 아들 예수의 비틀걸음 구경하다가
목을 빼어 구경함도 죄가 되었던 그때의
구레네 사람 시몬이 예수의 십자가 대신 짊어진 곳
구레네는 내가 살았던 서북 서울 빈한 동네쯤이었을까

지금 리비아 북서쪽 작은 마을 구레네 사람이었습니다

유월절 예루살렘을 찾은
디아스포라 구레네 사람 시몬
수염으로 땀 닦은 시몬의 아름다운 행적이
디아스포라 시몬이란 사내가 예수 대신 십자가
때의 사이몬을 기념 순례자들이 등짐 십자가 체험
비틀걸음 예수 뒤 따르며 십자가를 졌던 터입니다

통뼈 무릎까지 불을 물어 통풍痛風 몸 나는
흥남 철수 때도 오지 못한 두 숙부님이 그리워
돌아누웠지만 새벽이면 할머니의 한숨과 눈물
굽은 허리 할머니 나이테 지나 아픈 무릎의 나
새벽이면 눈 씻어 나를 보고 말 씨 나를 고르는
분단 나라의 디아스포라, 할머니로부터 두 숙부님과

실향민인 조부님, 실향으로 나 또한 디아스포라
70년 분단 조국과 내 또한 일흔 나이테 줄 서기
명절 때면 깊어졌던 눈곱 눈물 한숨 소리 할머니와
할머니의 아들 아버지와 어머니도 세상을 떠났습니다
호롱불 아래 정화수 놓았던 할머니, 나 또한 새벽이면
불을 켜고 불 아래 홀로 앉아 일흔 해 나이 되었습니다

일흔 세월 분단 코리아 시인으로 성지 순례의 길
아내 또래 권사 이름의 여자 신도들 뒤져 걸으며
우리말 찬송가 틈과 틈 사이 주변을 살폈습니다
찬송가 우리말이 이어졌다 끊어진 사이
한낮이었지만 찬송가 소리를 빌미 삼아
골목 시장 어디선가 불쑥 칼을 들이밀 것만 같은
분단의 땅 팔레스티나 계율과 율법의 칼 비린내
백열등 아래 벌건 살점 양 고깃덩어리가 걸렸고

찌든 눈의 팔레스티나 한 사내가 휘두르는 파리채
달려드는 파리 떼를 파리채로 쫓는 일을 하다가
끊겼다 이어지는 찬송가 일행 우리를 보았습니다

비아 돌로로사 14처소 길 맨 손 맘으로 걸었던 밤
샹들리에 여리고의 한 호텔 물에 온몸 담갔습니다
강도 만났던 사람에게 선한 사마리아 사람의 여리고
이곳이 그때 여리고의 주막집 터쯤 아니었을까
커튼을 열고 별들이 내려온 여리고 창가에 누웠지만
별 눈 별 가슴 보다가 나는 잠들지 못했습니다
칸델라 어둠 넘어 별만큼 먼 분단 내 나라 실루엣
분단 조국 별 없는 서울의 불 십자가들의 실루엣이
찬연燦然 여리고 밤하늘의 별처럼 멀어 괴로웠습니다
불을 끄고 누웠지만 다시 창밖 칸델라 위 찬연 별빛들
새벽이면 혼자만의 서북 하늘 하현달 아래 앉음이지만

붉은 십자가들의 하늘 내 땅 조국이 참 그리웠습니다

제6처소

비아 돌로로사, 6처소의 길은

한사리면 드러났던 숨은 여礇처럼

사람의 아들 예수 그리스도 땀과 멍울 피

손수건 드려 예수의 비린 땀 얼굴 닦아 주었다는

비린 여처럼 예수의 땀 피 얼굴이 각인되었던 곳

없어 있음으로

숨긴 이름 여인이 예수에게 내어 드렸던

흰 천의 손수건 마음

손수건은 여인의 눈물 얼마나 찍어 냈을까

이름을 감춰 더욱 사리 때 검붉은 여처럼 여인 베로니카

숨겨 더욱 빛난 이름을 기념, 산타 베로니카의 기념교회

6처소는 이름 모를 여인이 판화 예수를 간직한 곳입니다

중학 시절 바닷가 언덕 예배당 길이었습니다

밀물 때면 잠겼다가 한사리 때면 드러났던
비린내의 붉은 여처럼 숨어 빛난 여인 베로니카
여처럼 베로니카의 행위는 보지 못해 있음으로
없어 더욱 있음으로 예수의 모습을 드로잉으로
여처럼 작은 베로니카 기념 교회
베로니카 교회는 오월 햇살에 손수건이듯
하얀 손수건이 마른 동풍에 펼쳐지듯
숨어 큰마음의 햇살 아래 여처럼 교회였습니다

나는 내 나라 많은 갈래의 예배당들 중
황국 신민, 창씨개명에 죽음으로 불복종
에세네파라 불렸던 고신파高神派 장로교회였습니다
예배 때면 불복종 목자들의 예화가 빠지지 않았던
예화가 없던 때면 왠지 설교에 불복종하고 싶었던
제3 영도교회서 성부, 성자, 성신 세례를 받았습니다

예배 때면 首 장로의 십계명 봉독으로 시작되었던 교회
그럴 때면 1, 5, 7 계명이 목에 걸렸던 장로교회 고신파
찬양대 뒷줄에 서서 더러 터지는 기침에 혀를 깨물었지만
감기거나 백일해 정도겠지, 마른기침은 그치지 않았습니다

영도 다리가 오르내리던 봄바람의 한 날
갈비뼈들이 튕겨 나오듯 기침을 했습니다
엑스레이에 비친 왼쪽 폐는 거미줄 얽히듯
회색 동공과 동공, 밤이면 나는 입안에 가득
피를 물고 피를 뱉다가 악몽으로 잠을 씹었고
15촉 백열등 누비이불에 묻어 밤을 찢었습니다

생존만을 위한 오직 몇 바구니쯤이었을까

우윳빛 항생 주사액과 방구석 작은 약병들
오후 두 시 반이면 어김없는 기침과 발열
오한과 발열 때를 맞춰 '환우들을 위하여'
진공관 라디오를 타고 슬픈 사연과 선율 들
잦은 기침, 그럴 때면 비린 여처럼 목구멍과
춘궁기 아지랑이처럼 이어졌던 노란 현기증과
푸른 버들 유한양행의 노란 한 알 한 알 유 파스지드와
하얀 현기증의 나이드라지드 알과 싸움이었습니다

그런 날과 날들 속에서 토요일 오후면 찬양연습과
왁자지껄 국제시장 지나 보수 뒷골목 헌책방의 길
얼룩 책들을 뒤졌고 달 지난 사상계 한 권을 들고
바닷바람과 비린 피 기침과 기침을 참고 견디면서
자살바위 태종대의 무거운 발걸음 쉬지 않았습니다

고난 주간 뒤 부활의 첫날 1972년 용두산
용두산 공원의 고신파 연합 새벽 예배였습니다
대표 기도와 부활 말씀 사이 바람이 지나가고
흰 와이셔츠 남자들과 흰 치마저고리 여인네들
연합 찬양대의 부활 찬양과 함께 잠자리채 모양
헌금 주머니가 나를 지나는데 해가 올랐습니다
황금 햇살과 비린 바람 용두산 공원의 하늘
하늘은 노아가 창문을 열었던 그때 햇살처럼
노아가 7일 뒷날 창밖으로 날려 보냈던 비둘기
용두산 햇살 바람 하늘로 비둘기 날아올랐습니다

찬바람에 가슴이 허물리듯 몇 번 간지러운 목구멍
싸늘한 현기증 가슴뼈 위로 바람이 지나갔습니다
간지러운 싸늘함이랄까 기침의 멈춤 때문이었을까
목줄을 타고 한 움큼 샘물 맛처럼 청량한 간지러움

연합 찬양대의 찬양이 내 언 온몸을 쓸며 지나갔고
구름을 타듯 간지러움이 왼쪽 가슴 쓸며 지나갔습니다
부활 주일 뒤의 뒷날 찾았던 시민 엑스레이, 내 왼편의
왼쪽 폐 동공 터가 굳어졌다는 중년 의사 말이었습니다

6처소 앞에서, 나는
팔레스티나 늦은 5월 마른 햇살과
갈한 입술 젖은 이마 뿌연 눈시울이었지만
물병은 그대로인 채 혹 땀 냄새 어지러울까
구겨진 손수건, 땀뿐인 내 주름 얼굴 찍었습니다
땀에 전 손수건 접고 펴 보면서, 예수가 걸었다는
비아 돌로로사 6처소의 길을 뒤져 걸어 나갔습니다

제7처소

비아 돌로로사, 7처소의 길은
제국 로마의 채찍과 로마법 발길질에 탈진
사람의 아들 예수가 두 번째 쓰러졌던 곳입니다

열두 제자들이 먹을 것 위해 성안으로 간 뒤
물동이 한낮 잿빛 차도르 눈의 수가 성城 여인
우물가 수가 성 여인에게 예수의 말이었습니다
나를 만난 네게 목마름이 다시는 없을 거라는
몸과 혼과 네 영靈[5] 다시 목마름이 없으리라는
없어 있음으로 하늘 법, 차도르 수가 성 여인에게
차도르 여인에게 물동이 팽개치는 용기를 주었지만
나무 십자가 의지해 예수가 걸었던 7처소의 길
빈손 헐렁 목마름으로 나는 걸어 나갔습니다

골고다 언덕 저만큼 티끌 섞인 먼지 날았습니다

날아오른 티끌에서 유칼리나무 냄새가 났습니다
사람의 성정으로 예수가 아버지 따라 나뭇짐을 지고
나무로 집을 짓고 때로 마른 대팻밥이 예수 머리카락까
지
목공 요셉 아들로 나무를 지고 걷는 일에 익숙해 있었지
만
로마 병정들 가죽 초달에 아킬레스건까지 꺾인
목수 아들 예수에게 나무 십자가는 쇳덩어리였습니다

당시 식민지 권력자들과 한통속 사두개인들과
오직 율법만으로 하늘 삶을 꿈꿨던 바리사이파
유대의 종교지도자들이, 솔로몬 왕의 빛난 성전
예루살렘 성전을 검불처럼 허물고 3일 만에
3일 만에 다시 짓는다는
언어도단言語道斷,

예수에게 돌아온 답은
채찍과 할퀸 몸 비소鼻笑 뒤
낮 세상 논리로 죽음이었습니다

나사렛 동네 목수 요셉 아들이었던 예수,
나무 등짐에 익숙한 목수 아들 예수였지만
몇 번이고 넘어졌다가 일어서 걷는 비틀걸음
그 비틀걸음보다 더욱 견디기 어려웠던 것은
호산나,
야훼의 이름으로 오시는 이여, 종려 절기
종려 가지 꺾어 길바닥 예루살렘에 깔았던
겉옷까지, 더러 겉옷 찢어 깔았던
사람들 입술에서 터졌던 소리였습니다, 우리에게
이루지 못한 꿈만 던졌던 사람의 아들 예수를
십자가에 아예 못을 박아 버리라는 7처소 그날 그때

불춤 민중들 냉소와 손가락질 예수 가슴을 생각했습니다

예루살렘 솔로몬 성전 건너 감람산
감람산은 예수의 마지막 피땀 기도의 터
때의 모습 흰옷 돌조각 예수님 겟세마네
겟세마네 기슭에는 부활 그날 기다리는 석관들
천년도 훨씬 감람산 올리브 숲이 지키고 있었습니다
감람산 석관들 틈에 유니세프 광고 속 마른 아이처럼
패랭이꽃 긴 목이 석관과 석관 사이 벙글어 있었습니다

올리브 숲 감람산에서 바라보는 아브람과
아브라함의 피붙이들끼리 빼앗기고 빼앗아
성채 예루살렘,
솔로몬 예 성전은 성전聖戰으로 통곡의 벽과
마호메트가 승천한 황금 돔 이슬람 성전의 터

성채 예루살렘은 뺐고 빼앗아 칼 피 얼룩으로 침묵
아우성 속 침묵과 침묵 속 아우성의 땅이었습니다
영욕으로 다윗 왕과 그 아들 이스라엘 왕 솔로몬과
성전 출입세로 배불렀던 헤롯 안티파스 탐욕으로 터
다비드의 아들 솔로몬 예 성전 터에
아브람 아들 이스마엘과 이삭의 후예들이 분리 장악
지금은 이슬람 사람들이 선점 하늘 가린 황금 돔
황금 돔 위 햇살은 나에게 현기증이었습니다

돌이켜 보면 다윗의 혈기 솔로몬 예루살렘 성전은
이스라엘 국력이 전성기 때에 다비드 王 오른 팔뚝
지금 말로 하면 다비드 왕의 야전 사령관 격 우리아
십계명 중 일곱 번째 계 우리아의 아내 Bathsheba
목욕하고 있었던 밧세바와 다비드 사이 왕자 솔로몬
다비드 혈기 솔로몬이 세운 예루살렘 하나님의 집은

유대 민족에겐 다비드와 솔로몬의 피 땀 숨 터이지만
무슬림에겐 마호메트가 휴거되었다는 최후 승리로 터전
하늘 길 칼로 막고 찢었던 불 집 예루살렘의 오늘까지
쟁취 예루살렘 위해 불 혓바닥 칼 던져 몇 번이었던가

찬양대 시절 부활절이면 불렀던 유리 바다 갈릴리
성탄 나무 장식처럼 찬란 예루살렘 성은 아니었습니다
유대의 큰 별 몽돌 든 다비드와 골리앗의 싸움 터
오직 믿음만 노아의 상앗대도 키도 없는 방주의 터
아브라함이 백세에 얻은 이삭 향했던 칼날 멈춘 곳
양과 비둘기 푸른 목숨 번제물의 터 성채 예루살렘
비파 든 다비드 동상 목마름으로 예루살렘 걸었습니다

천안함天安艦 사건이 터지고 백령도를 찾았습니다
현충일 백령도 뱃길 유월은 안개 두른 저기쯤이

심청의 인신 공양 물 터 인당수일 거라는
소용돌이 인당수가 손에 잡힐 듯, 지금은 북녘 바다
NLL 인당수 뱃길 물 위 철책 긋고 물속까지 화약고
불신과 불안 공포로 자맥질 분단 분파 70년 내 조국
순국 장병 추모 감리교 서울연회 장로 모임이었습니다

천안함天安艦 침몰, 사망 40명, 실종 6명
하나님 품에서 평안하기를 묵념과 기도
기념탑 앞 통성과 침묵의 기도가 끝나고
서울연회 장로들은 그들만의 억양과 눈빛 따라
무등無等을 태우는, 빛 힘 숨 무등의 마음이지 못한
억양법 우리말 말씨 따라 헤쳐 어울림을 보았습니다

어릴 때 고향 황해도 장연을 쫓겨났다는
하얀 머리 장로님이 핏줄과 목줄을 세워서

당근보다 채찍을, 안개 바다를 보며 외쳤습니다
세일러복식 젊은 동상 어루만지면서 '옳아요'
장로들 몇 두 주먹 쥐었다 펴며 말 받았습니다
8·15 민족의 광복이 민족상잔 6·25 부를 것을
민족상잔 6·25, UN 이름으로, 생각이나 했었나
역사를 주관하는 참으로 하나님의 섭리하심만이
도적같이, 기름 준비 다섯 처녀 신랑 맞잇길 같이 오리라
고
천안함의 침몰이 저기쯤일 것이란 해병 대위 군목의 말
안개 바다 위 고깃배들 면면을 나는 헤아리고 있었습니
다

유월 안개가 사면으로 바다 백령도
심청각 가는 길 차단하고 있었습니다
틈과 사이에서 입을 봉인해야만 했던 나의

현충, 백령도 순국 장병 위한 기도회
몇 사람들이 들릴락 말락 그들만의 억양법으로
순국의 청동 세일러복 젊은이들 등져 수군거렸습니다
이○○의 국면 전환용이 틀림없으리라는, 아니면 말고
부끄러움과 못난 나와 너, 패거리 너와 나를 보며
나 또한 패거리 속의 삶이 참말 부끄러웠습니다

70 나이 찾았던 예수의 통곡 예루살렘 성채
성서 속 솔로몬 성전 터는 금빛 이슬람 사원
돔 위로 오로라처럼 가나안 복지의 금빛 햇살
예수가 내 집은 기도하고 기도해야만 하는 집
신자임을 빙자, 종교 밑천의 거간들과
한통속 장사치들 내몰았던 솔로몬 성전
성전세로 배불렸던 헤롯 왕의 중축 성전과
하마 입과 등성이랄까, 세습 내 나라 교회들

지금은 이스마엘 후예 이슬람교도들이 점령한 성채
십자군 원정 이래 지금까지, 다시 이삭의 후손들에게
지하드를 선포한 탈레반, 빈 라덴 친구들과 IS의 지금
상앗대질과 눈에는 눈, 이에는 반드시 이빨 자국의 답신
사내들의 피 값 뒤져 여자와 아이들의 눈물 팔레스티나
솔로몬 성전 금빛 돔 위로 저녁 해가 선혈처럼 붉었습니
다

사무라이 일본 총칼이 승냥이처럼 때에
평양성을 동방 예루살렘이라 불렀습니다
기미 독립만세 33인 길선주 목사가 섬겼던
기자묘와 모란봉이 바라 뵈는 장대재 언덕에
동방의 예루살렘 평양 장대현장로교회[6] 세웠습니다

지금은 金 父子 박제 미라의 신전 금수산

금수산은 太陽 아버지와 아버지 태양 아들과
아들의 태양 위한 금빛 태양궁전
아, 장대현교회 까부순 옛터에 태양신 궁전
금수錦繡 시신 김 부자 미라 앞에 모여
'우리 민족끼리, 민족 우리들끼리 춤을'
불춤을 추고 추어야 한다는 사람들 틈에 끼어
십계명 1조 목울대 침 튀겨 가르쳤던 늙은 목자들
빈궁한 자 눌린 자들 편이라는 검은 제복 사제들과
시신 김 부자 앞에서 굵은 목덜미 남한 종교지도자들
한 줄 뒤져 일렬 종횡으로 그들 모습들은 어떠했을까
그곳이 장대현교회 옛터임을 마음에 묶기나 했었을까
일제치하 장대현교회의 성령이 불 혓바닥이듯 회개운동
우리 민족끼리라면서, 3·1절과 8·15 광복 그때의
흰옷 붉은 피 가슴 민족 운동 터였음 생각이나 했을까

사람의 아들 예수의 밤 기도처 예루살렘
예루살렘 성은 이천 년 전 그날로부터
나팔 소리 따라 석관이 열리면서 흰옷으로 휴거携擧
함박눈발 흰옷으로 공중 들림을 기다리는 감람산
잿빛 석관과 더러 금간 석관 사이의 여윈 모가지뿐
내가 처음 예배당 찾았던 길 노란 패랭이꽃 피어 있었고
석관 틈 패랭이꽃 모가지들 휘몰아 바람이 지나갔습니다

제8처소

비아 돌로로사, 8처소의 길은
십자가 진 예수를 보고 울면서
여인들 예루살렘이 뒤를 따랐던 곳
예수는 여인들에게 나를 위해 울지 말고
네 나라와 너희의 자녀들을 위해서 울어라
때의 울음처럼 바람, 두 귀 나를 의심했습니다

나라가 밟히면
여자가 밟히고
여자가 밟히면, 맨발
맨발 아이들은 폐지처럼
폐지처럼 울다 잠들어야 한다

앞서 걷던 아르메니아 신도들과
그들 首가 십자가 나무 내려놓고 땀을 닦을 때면

首 뒤를 따르던 하얀 목덜미의 아르메니아 여인들
아르메니아 여인들 땀 가슴 뒤태가 종려 열매였습니다
제7계명 늪에 빠졌던 다비드와 밧세바 사이, 솔로몬
솔로몬 영광으로 다비드와 솔로몬의 예루살렘 성채
십자가 예수의 말씀처럼 70년 뒤 솔로몬 성전
솔로몬의 성전 돌 위 돌들은 깨지고 말았습니다
내 무릎 또한 깨진 돌 위 돌처럼 위태로 성지 순례
나이 70 줄, 70년 뒤 성전 파괴, 70 분단 우연만일까
광복 분열 분단 70년 내 조국의 지금은 더욱 위태입니다

서대문 독립기념관에 가면 물과 불 고문
선 그대로 산 사람 가둔 목관 고문 틀과
살점을 찢겨 돌렸던 철쇄 탈곡기가 있습니다
조선인 검사나 고등계 형사들이 핏발 세우고
불령선인 죄목 붙여서 동족들의 목에 더욱 사슬을

내 나라 내 땅, 나라 말과 글 예법을 지킨 이들과
허리 졸라 가슴 품은 독립 자금 사람들의 목줄 끊기
총독부 일본 순사들보다 조선 고등계 형사들이 더욱
애비 뻘 동족 더욱 패대기 옥죈 벽돌 피 집이 있습니다

십일월 한 날 강제징집녀들[7] 분단 내 나라
나는 억울했다는, 내 누이의 누이 위쯤 누이
할머니들 주름 이마와 째진 손톱에 섞이어
조선 궁궐 저만큼서 외쳤던 허무한 주먹질들
주먹질에 섞여 내 빈 주먹은 현해탄을 오갔던
윤심덕 관부 연락선과 조용필의 오륙도 돌아가는
안개 속의 뱃고동, 주먹질 뒤 더욱 어둠 나였습니다

사무라이, 사무라이 검劍 솜씨 왜적들이
이씨 왕족들의 궁녀들과 놀이터 비원祕苑

비원이라 폄하한 창덕궁 정문이 저만큼
군국 일본의 공사관인지 신판 총독부인지
TV 속 브론즈 순한 눈 소녀의 눈물 빰
눈물 방금이듯 징집 할머니 주름 눈 저만큼서
빈 주먹질을 함께하다가 주먹질 소리 서슬에
부황이듯 누런 은행잎, 밟힌 은행잎들에 가려
으깨어진 쭉정이 속 은행 두 알
동짓달 좌우 가슴에 품었습니다

골고다 언덕까지 순례를 마치고
붉은 동아줄 내렸던 기생 라합의 성 여리고
사는 곳이 지면보다 낮아, 낮은 마음의 사마리아
누가복음 속 선한 사마리아 사람 여리고 밤이었습니다

때의 주막집이 변해 휘황 샹들리에 호텔의 하룻밤

안온 물에 발을 담그다가 제자들 발을 씻은 예수의
예수 앞에서 굳은살 발바닥 나는 부끄러웠습니다
잠 오지 않아 알자지라 방송, 흰옷과 검은 옷들
영산회상 느린 가락이랄까, 잉어 떼의 유영이랄까
우리들 예 탑돌이나 한가위면 강강술래의 달밤처럼
이슬람 사람들이 그들 성지 메카의 검은 돌
검은 돌의 순례, 이슬람 사람들 순례는 중모리나 중중모리
휘몰이 가락으로 몰아가는 현기증 속 질서정연 순례였습니다
느리고 몽롱한 기도문 소리와 아편을 먹고
아편에 취하듯 이슬람 사람들 순례를 보았습니다

여리고 성 커튼 새벽을 조심 젖혔습니다
새벽안개 젖은 수은등과 침묵 하늘 불빛들

젖은 수은등 아래서 누군가 손짓했습니다
누구였을까, 나에게
내게 손짓하는 별들 아래 수은 불빛의 여리고
여리고 성은 예루살렘성보다 지표가 낮아서
낮은 마음 사람들이 산다는 여리고의 하룻밤
호텔을 나서며 '샬롬', 기어들듯 내 인사에
'샬롬'이지 못한 여리고 호텔 직원의 눈웃음
여리고 아침 극동 이방인 나는 부끄러웠습니다

나라가 밟히면
여자가 밟히고
여자가 밟히면
맨발 아이들은 울음을 물고 잠든다

내 나라 한 배우가 플라타너스

동짓달 플라타너스 마른 잎이 사각거리듯

사각거리는 목청으로 유니세프 회원이 되어 달라는

광고 속 아프리카 젊은 어머니의

엄마의 마른 젖 문 피폐 아이처럼

분단 조국 아이들 미증유 밤이 올까 두렵습니다

제9처소

비아 돌로로사, 9처소의 길은
골고다 언덕에 닿아 있는
사람 성정의 예수가 세 번째 쓰러진 곳입니다
빙어 배 속처럼 하늘 사람 그리스도 예수가
비희悲喜 33년, 땅 위의 땅 삶에 막을 내리고
순간 찢김을 선택 예수의 무한 열림 언덕입니다
생전 오두막 모양처럼 공동묘지들 분쇄
내 나라 아파트 단지처럼은 아니었지만
죽은 자들 터, 척박 골고다 사람들의 집
누가 몰고 가는 것일까, 서녘 하늘의 하얀 구름 떼
예수 죽음 없는 죽음의 터를 기념, 예수 기념 교회
양 떼처럼 하얀 구름들이 검붉게 변해 있었습니다

성분묘교회聖墳墓教會[8] 건물
틈과 길목은 서울 고속 터미널 지하 출근길처럼

목을 뺀 순례자들과 구경꾼들 그러나 양 떼들처럼
순한 눈빛과 침묵 느린 발걸음으로 행진이었습니다
육중, 휘황 성묘교회聖廟教會 밖은 여윈 손길을 올리듯
종려나무들 하늘 받들어 푸른 잎 올리고 있었습니다
사라졌던 이명이었을까
바람의 바람 말씀이었을까
네 남은 삶 사람들 뒤 뒤져 걸으며
종려棕櫚, 저 여위고 푸른 종려나무 잎들처럼
하늘을 쓸고 닦는 종려 손길이 되어야 한다는
순례 일행들은 저만큼 앞서가고 있었습니다

이천 년 전 마른 뼈들 골짜기 골고다
그때 골고다 마른 뼈 무덤은 없었습니다
예수의 죽음 터 햇살 덮은 지붕 속 성묘교회
대리석 바닥에 순지를 펼치듯 모자이크畵들

백열 불빛 침묵으로 예수와 어머니 마리아의 성화
순례객에 밀려 분묘교회 밖을 나서니
교회의 지붕 위로 기생 라합의 붉은 동아줄처럼
골고다 언덕 없는 언덕 모스 부호처럼 햇살이 걸렸습니다

사자의 언덕 골고다 덮어 종교 지도자들 성묘교회
산 자의 부활 터에 회칠 무덤 만들어 종교 지도자들
그날 예수 그 부활의 무덤을 볼 수 없었던 안타까움
여닫이처럼 열고 닫아 예수의 무덤
종교의 지도자들은 분묘교회 세워 그들이
보듬고, 보듬어서 잃은 것은 무엇이었을까

사람의 아들 예수가, 맨발과 눈썹 피
쓰러짐마저 모르고 마지막으로 쓰러졌던 곳

그날 한낮부터 황혼까지 내 골고다까지의 순례길
제9처소에서 바라보았던 파란 하늘과 서녘 해
예수 부활 터 성묘교회는 골고다가 없는 골고다
극동[9] 순례자 내게 침묵 답만 안겨 주었습니다

9처소는 스스로 달려야 할 십자가
지금은 이집트 곱트교회가 자리 잡아 있는 곳
십자가를 내려놓고 예수가 쓰러지듯 자리입니다
9처소 골고다 언덕은 하나님의 아들 예수 그리스도가
苦生, 유한 목마름으로 사람의 아들 몸을 벗고
高生, 본래 무한 그리스도 예수로 바뀐 곳이요
믿는 우리에겐 먼동 트듯 부활 서막으로 언덕입니다
물병을 들었지만 내가 목마름으로 앉았던 곳입니다

예수가 숨을 거둘 때 마른번개와 우레

예루살렘 성전, 성전의 휘장이 찢겼다는
사자들의 부활 언덕 골고다까지 순례길
구경꾼과 순례자들 침묵 발걸음에 밀리면서
서랍처럼 열고 닫은 사람들의 종교 계산법
골고다, 예수가 없는 무덤 바위 굴만 봉인
살바도르 달리의 가슴 서랍 그림처럼 열고 닫은
사람들 셈법으로 봉인된 빈 무덤, 극동 사람 나는
무덤이 없어 무덤을 만든 예수의 빈 무덤
빈 무덤 예수님을 모신 분묘교회墳廟敎會
벌목정정伐木丁丁 마음으로 나는 걸었습니다

골고다 종려나무 잎을 동풍이 스쳐 갔습니다
극동 분단국 시인 내게만 또 환청뿐이었을까
예루살렘 순례자들아, 때의 유대 여인들처럼
나를 위해 울지 말고, 분단 네 조국과 너의 새끼들

새끼들이 주먹으로 울면서, 목이 마르다 목이 말라
빈주먹으로 울 때를 생각하며 울어라
통곡의 벽으로 가는 길, 팔레스티나
마른 동풍에 종려 잎들이 흔들거렸습니다

人子 사람의 아들 부활 골고다 놓아버린?
신자神子 골고다 언덕 십자가도 놓아버린?
예 동방의 예루살렘 평양성과
몇 대형 교회 서울을 생각했습니다
로마 치하 유대의 그때 그날처럼
권력자들과 종파주의자들과 손뼉 치는 사람들과
빈궁 마음으로 우는 사람들에게 금줄만 긋고 있는
예언 팽개친 사제들과 人子 없는 神子만 붙듦의
그래야만 할까, 神子 그리스도는 반드시 팽개치고
사람의 아들 예수만 붙든 인본주의자들을

人子마저 밟아 사람의 아들 예수일 뿐이라는
하늘 붙들고 공회전 우리 땅을 생각했습니다

분단 나라 현충 못한 현충일 비 오던 날이었습니다
서대문 지방 장로들 따라 적요와 불 주먹 적막 DMZ
아브람과 아브라함 후예들 골고다 종교 언덕처럼
단군의 후예로 한 민족 위태 불가침과 불 울타리
남북 코리아 카키색 젊음이들 비무장 지대를
숨죽여 숨을 죽여서 현충일 DMZ 빗속 찾았습니다

카키색 남북 젊은이들 철모처럼
활화活火, 휴화休火, 빗속의 비무장 DMZ
비에 젖은 불 뇌관 따라 하얀 팻말이 놓인 곳
불 뇌관 위로 개나리며 핏빛 철쭉은 진물인 채로
핏빛 철쭉이 진물인 채 DMZ 비무장 무장의 길

분단 조국 70년, 분단 나그네 삶의 나를, 그래도

크고 부드러운 손길이 어루만진 은총 지금이었습니다

제10처소

10처소, 비아 돌로로사 길은
허물어지듯 주저앉은 흙바닥 예수를
로마 병정들이 옷을 찢어 나눈 곳입니다

내가 성지 순례 떠났다 돌아온 날 서울은
가진 자들 곳간 찢고 벗겨, 무조건
어린것들 모두에게 따뜻한 밥맛 힘을
보다는,
점진적 밥상 법 확대를, 두 편으로, 불을 보듯
돌아오던 날은 거저 밥을 퍼서 먹이는 것이
진지 드시는 법보다 당연 선행해야 한다는
우루룩과 촐랑,
보나마나 한성 판윤 보궐 선거의 끝 날이었습니다

골고다 서녘 허연 양 떼 모습 구름 모양 사람들

서북 서울 사람들 초등학교 투표소 뒷줄에 서서
저물녘 투표소 내 차례를 가다렸습니다, 몇 장정들
운동장 돌덩이 놓는 일, 옷을 털고 사라졌습니다
서북 서울 사람들 뒤에서 사람들 말을 보았습니다
돌덩이라도 떡을 만들어 아이들에게 먹이자는
벌레들 집 보리쌀 씻어 먹고 먹여 본 일이 있었느냐는
서북 사람들 말을 씹으며 투표소 저문 길 서 있었습니다

요르단서 이스라엘로 들어서는 국경
철조망 두른 산 저 벌거숭이 둔덕이
40일 예수가 마귀 시험을 이긴 산이라 했습니다
낮밤 사십 일 물 한 모금 예수의 배와 등짝
소양강 상류 빙어나 하루살이 창자처럼 그때에
허공으로부터 예수께 소리가 울렸다 했습니다
네가 진정 하나님의 아들이거든

저 돌덩이로 떡을 만들어 먹으라는, 투표 마감
초등학교 운동장 돌덩이 보며 투표소 나섰습니다

예수가 시험을 받았다던 시험 산을 두른 철조망
지금은 아브라함의 두 아들 이삭의 후손 유대와
이복형제 이스마엘 후예 흰옷 무슬림과 검은 옷
무슬림 시아파니 수니파니 그들 사이 분쟁 때문에
시험 산 올라 예수 체험 터 순례의 길이 막혔다는
견원지간 국경 사이 모래 무덤처럼 철조망으로 산
세 번 예수의 하늘 법 승리 터 민머리처럼 시험 산
민둥산 철조망을 보다가 분단 조국 DMZ 생각했습니다
예수 시험 산기슭은 불도저 소리, 철조망 위 네댓 까마귀
시장 선거는 진짓상보다 밥을 퍼 주자는 압도적 승리였습니다

겨울 한 날 모래섬 여의도
납작 땅의 신도들이 지상에서 가장 많다는
땅 위의 불 터 예루살렘 솔로몬 하늘 성전 모형
하나님 성회, 알루미늄 십자가 밑을 걸었습니다
이슬람교도들 금빛 돔 지붕처럼 하늘 길을 막은
퍼런 민의 전당 돔 지붕이 눈앞에 다가왔습니다

'믿슙니다, 카더라, 아니면 말고.'
내 편 말이면 아니라도 믿고 믿어야 한다는
네 편의 말이면 결코 맞아들이지 말아야 한다는
정종政宗 모래알처럼 유언비어, 모래 알갱이의 섬 여의도
에덴동산 형용 돔 지붕 하나님 성회 알루미늄 십자가와
백성의 하늘은 밥이다, 민심즉한심民心卽閑心 혓바닥 놀이터
국가 재난, 국민 여론 선도한다는 귀뚜라미 더듬이처럼
KBS one, KBS two 안테나, 빈둥 배꼽시계 배짱이들

위한

개미들 발 동동 투자는 절대, 절대 결과 빈 깡통이라도

벼락돈과 요행, 증권사 고샅 겨울 길 혼자 걸었습니다

제11처소

11처소, 비아 돌로로사 길은
눈곱 가나안사람들 저자 길이 끝나고
성묘교회로 오르는 좁은 계단 길
우리의 옛 고샅길이나, 휴일이면
구 파발마 북한 기슭 울긋불긋 사람들 둘레길처럼
흑 백 황 사람들 얼굴과 발길 만났던 곳이었습니다

꿈틀[10] 꿈을 빌려 꿈틀거림을 입은 마리아
혼전 임신, 지금 우리들 시쳇말로는 미혼모
율법의 돌멩이들에 내몰려야만 했던 그 시절
목수 요셉의 약혼녀 마리아가
'당신의 뜻을 따르겠습니다.'
가슴 여미고 두 눈 눈물과 입술로 다짐했던 곳
꿈결이듯 뇌리를 스쳐가는 구노의 Ave Maria
예수의 육친 동정녀 마리아가

못 박혀서 땅에 뉜 피에타 예수를
백열 불빛 무영탑으로 서 있는 곳입니다

로마 병정들이 땀 피 예수의 겉옷
전리품으로 네 토막을 쳐 가져가고
남발 머리칼 가릴 곳만 조금 가린 장성한 아들
엉긴 눈물 마른 피, 백짓장 아들의 온 몸뚱이를
아베 마리아가 온몸과 두 무릎으로 받아서 안은
피에타 예수 품에 어머니 마리아가 안긴 자리입니다
환청이었을까
11처소는 석수들 정 소리가 방금이듯
박힌 못 상처 예수가 돌 위에 뉘어 있는
높은 천장 적막을 메아리가 지나갔습니다

포갠 어둠 거두며 침전하는 백열 불빛

어둑 성묘교회는 이삼십 촉쯤 밝기일까

피에타, 헝클어진 예수의 머리

손발 대못 자국 그대로 뉘어 있었던 곳

어둑 불빛 성화들은 순례자들 마음에 그때의 대못을

퍼런 대못 환상으로 순례자들 침묵 눈과 침묵의 걸음은

제례 때면 감은 머리 어머니 하얀 버선 마음이었습니다

제12처소

12처소, 비아 돌로로사 길은
성묘교회 2층 왼쪽은 십자가에 달린 예수
십자가 예수 밑은 투명 아크릴로 감싼
검붉은 바위 한 부분이 놓여 있었습니다
예수가 좌우 강도와 함께 서 있었던 곳
사람의 아들 예수가 숨이 끊어지던 그때
어둑 하늘 천둥 번개가 자명고처럼 곳입니다

아, 눈썹 가득 눈물 어머니 마리아
당신의 아들 멍울 피 푸른 서늘함을
더운 눈물로 닦으며 앉아 있는 곳
작아서 더욱 큰 어머니 아베 마리아
작아서 큰 어머니 무릎에 처진 목으로
예수가 두 손 늘어뜨려 누워 있는 곳입니다

예수는 좌우 강도의 사내들 두 물음에
사람의 아들 예수의 한결 한 번 말씀은
가을 공기처럼 없어 있음으로 하늘나라
푸른 영零과 영靈, 하늘나라 올라가는 길은
붉은 살점 사르는 통과 의례가 있어야 한다는
로마의 칼 서슬 십자가 위에 서서 통과의 의례
12처소는 예수가 일곱 절명絶命 말씀을 남긴 곳입니다

아, 감각이 멸하면
뜨거운 불도 시원한 바람으로 길을
목숨 끊어 빛, 힘, 숨 언덕의 골고다가
연기가 오르듯 푸른 숨길 하늘 가는 길임을
옷 털고 옷을 갈아입듯 죽음 터 예 골고다
골고다 예수 기념 성묘교회 골고다 언덕에서
예수의 왼쪽 사내처럼 왼손에 반쯤 물병을 들고

왼손잡이 믿음의 나는 한참 서성거려야 했습니다

아버지,

저 사람들을 용서하여 주십시오,

그들은 자기가 하는 일을 모르고 있습니다.(말씀 1. 눅 23:34)

예수가 사람들 용서로 안아 하늘 오르듯

내가 나의 너를 너그러움으로 용서하고

그렇게, 너의 나도 용서해 주어야 합니다

하늘에 오르면 돌멩이도 별똥별처럼 빛나듯

네 속에서 별빛 돌멩이 마음 나를 찾고

별빛 밤하늘처럼, 그렇게 용서 마음으로

너와 나의 돌멩이를 하늘 올려 별 마음 되어야 합니다

오늘 당신이 정녕 나와 함께

낙원에 들어가게 될 것입니다.(말씀 2, 눅 23:43)

없어 더욱 있음으로 너와 내가 잊은 낙원은
무영탑, 무영無影처럼 그림자 그리움 놀이입니다
옹달샘 물이 솟고 솟아 강 바다 물결 이루듯이
있어 더욱 보이지 않음으로 우리들의 낙원 동산은
신구약 말씀 한마음 두 손의 모음 때 보입니다
너와 나 발을 놓고 딛는 한 뼘 한 뼘의 땅이
삼층천三層天[11], 낙원의 길임을 알아야 합니다

예수는 당신의 어머니와
곁에 서 있는 사랑하는 제자를 보시고
먼저 어머니에게,
어머니, 이 사람이
어머니의 아들입니다.(말씀 3, 요 19:26)

별빛 마을 베들레헴 처녀 마리아는
사람의 아들 예수 그리스도의 어머니가 되어
납작 땅 사람들에게 수직 그리스도 어머니로
믿음의 어머니면서 눈물 흘리는 수평 어머니
너와 나, 우리 모두 수직의 어머니의 어머니로
더러워진 빨랫감 너와 내 옷을 햇살 아래 빨래처럼
믿힘과 믿음[12] 감싼 열두 폭 치마 어머니가 되셨습니다

북한 기슭 선혈처럼 가을 잎 11월이었습니다
구舊 파발마 마을에 살며 파발마 말굽처럼
터벅 허위허위 파발마 갈퀴 숨 몰아 사이몬
파발마 성당에서 불혹 나이 사이몬의 영결미사
성당 후원에는 에티오피아 형제들의 14처소
내가 에티오피아 형제들 모조 예수 무덤 더듬었듯

십자가 등짐 예수와 작은 동정녀 마리아의 브론즈
11월 브론즈 열네 길에 갈잎 떨어지고 있었습니다

불혹 사이몬은 생전 덜 구인 땅콩 맛처럼
그러나 잘 구인 땅콩 알알이 불면 나를까
두 아들 꿈과 지어미 손에 쥐어 주었습니다
땅 위 틈과 사이 순간과 영영 눈물 미사에서
하늘 길 사이몬의 안내 영결 파발마 미사에서
파발마를 보내듯 구파발 성당 여인들의 면사포
하얀 면사포는 예수의 피땀 찍었던 여인 베로니카
베로니카의 그때 하얀 손수건처럼
거미줄에 걸려 나비 날개처럼 파닥거리는 우리들
구 파발마 성당 아침 하얀 면사포의 여인들은
지는 잎처럼 우리 눈물 안아 찍어 주었습니다

성부 하나님과 성모 마리아님 보십시오.

당신의 아들 사이몬입니다. 형제 사이몬을

믿음의 형제 사이몬을 당신 품에 맡깁니다.

하나님 나라 푸른 생명책에 올려 주십시오.

귀밑머리 희끗거리는 집례 신부님의 위로 말씀

성당 유리벽으로 붉고 푸른 잎들이 떨어졌습니다

미사가 끝나고 사이몬의 영정은 유리 벽처럼 평온

이승 나서는 사이몬의 하늘로 우리의 얼레 줄

우리들은 눈물 풀어 얼레의 줄을 올려야 했습니다

눈물바다 우리들 두고 불혹 나이 사이몬

얼레 줄을 타고 연이 오르듯 하늘로 가는 사이몬

푸른 꿈 사이몬이 하나님 품 안기길 빌고 빌었습니다

나의 하나님, 나의 하나님

어찌하여 나를 버리셨습니까(말씀 4, 마 27:46)

Eli Eli Lama Sabachthani

내가 너를 버리고
너에게 내가 버려지는 곳은
시간, 공간, 인간과 인간의 3차원
간間과 틈, 틈과 간의 3차원 상대 세계입니다
그러나, 너와 나의 틈과 틈, 아니 나와 나 사이
틈과 틈 사이와 사이를 무한 미분無限微分 나를 잘라 가면
나의 너, 너의 내가 없는 사차원捨次元 세계가 열립니다

실낙원 세상에서 약속의 낙원으로 오르는 길은
무한 미분으로 나누고 묶는 복락復樂 수련뿐입니다
벧엘 광야 도망자 야곱의 수직 사닥다리처럼
3차원 점과 선, 원이 겹친 절대 지평 여는 길은
야곱의 돌베개가 수직 사닥다리로 세워지듯이

벧엘 별빛처럼 하나님과 내가 수직 수평으로 만남은
시간, 공간, 사람 3차원 속 나를 알고 딛고 서는 때에
해 아래 가장 해 닮은 감 알과 감 맛 감나무 내가 됩니다

모든 것이 끝났음을 아시고
목이 마르다고 말씀하셨습니다.(말씀 5, 요 19:28)

내 몸 70%가 물에 감겨 있는데
0.99%의 목이 말라도 나는
목이 마르다, 목이 고프다 물을 찾았고
머리를 물속에 넣어야 몸이 뜨는 물의 법
물이 불이 되고 빛이 되는 법 몰라서 나는
물 엎고 불 뒤집어 목이 마르다 목이 마르다고
불 물고 불 올리며 목이 마르다 아우성이었습니다

해면을 우슬초에 매어 예수의 입에 대었던
신포도와 목마름으로 예수의 골고다까지 길
목이 말라 허리춤 플라스틱 물을 마셨습니다
줄금 물은 주름 목구멍을 지나 목줄을 통과
구절양장 창자 속 들여다보듯 내려갔습니다
목이 말라서 물병을 다시 더듬거리다가
어디선가 '내가 목이 마르다'.
문득 물 마심 멈추고 나는 하늘을 보았습니다
마른 해골들 터 골고다, 웅좌雄坐 성묘교회 지붕
골고다 서녘 해가 감 알처럼 내려와 있었습니다

신포도주를 맛보신 다음
이제 다 이루었다. 하시고
고개를 떨어뜨리시며 숨을 거두셨습니다.(말씀 6, 요 19:30)

젊은 시절 퇴근, 백열 골목집으로 오는 길
밤이면 불을 켜고 기다리던 아내와 새끼들
잠든 새끼들 고운 숨소리 나는 이룬 줄 알았습니다
아침에 나가고 저녁이면 돌아오는 '늘'과 '항상'
출퇴근으로 하루하루 다 이루어진 줄을 알았습니다

하루 일을 마치고 아내가 불을 켜고 기다리는
환한 불의 불 집으로 발길을 옮기다가, 차츰과 거듭
당신 아닌 네가 없을 때가 더욱 환하다는
넓어진 등짝 안해의 골 다공 뼈처럼 휑한 말의 뼈
발길은 서성거렸고 이른 밤의 불도 꺼져 있었습니다

서녘 나이 나 또한 길어진 내 그림자 나
긴 그림자 문득, 목만 긴 그림자를 보면서
더러 아내가 집을 비워 환한 그리움으로 나의 집

미완 느낌표와 쉼표의 삶을 만지작거리면서
'다 이루었다'는 마침표 자위의 때도 있었습니다

큰 소리로
아버지, 제 영혼을 아버지 손에 맡깁니다.
하시고는 숨을 거두셨습니다.(말씀 7, 눅 23:46)

그날 그때 신자神子 예수의
땅 날이 걷히고 하늘의 때가 이르러
'내 영혼을 아버지 손에 부탁하나이다'.
천둥과 지진으로 땅 위 성소 휘장이 찢기고
무덤 터에 칠성판처럼 돌판 하나 떨어졌습니다
순례자들 손길이 얼마나 쓰다듬어 지나갔을까
칠성판에 옻칠을 하듯 매끄러운 돌판, 그러나
염殮한 얼굴에 더운 손길 닿듯 돌의 냉엄

청렬 냉엄 속 예수가 뉘었던 칠성판처럼 돌판
돌판은 낮에 보았던 감람산 기슭의 석관들
감람 기슭 석관들처럼 냉엄과 청렬이었습니다

12처소의 그때
쪽진 머리 쪽진 마음 어머니 마리아
미혼모였던 마리아의 만수운환 마음, 그러나
아기작거림이란 우리말 우리 가락 추임새처럼
백열 불빛 은은 유리 벽 환한 슬픔으로 마리아
제12처소는 백열전등이 한지처럼 무영無影
아씨, 아씨라는 조선 시대 말씀이 잘 어울릴 듯한
밀랍처럼 예수의 어머니 마리아가 서 있었습니다

순례자들 틈새 만져 보았던 직사각형 검은 돌
물 묻은 손 전류가 닿듯 내 마음 전율이었습니다

유대의 장로 아리마대 요셉이 수렴하여

세마포 두른 예수의 몸이 뉘었던 칠성판처럼 돌

아리마대 요셉의 두텁고 따스한 손이 피에타 예수

사람의 아들 여윈 광대뼈와 가슴 두 발 두 손의 상처

얼음 상처를 스쳤을 때 그 손 떨림 깊이는 어디까지였을까

뒤돌아 몇 번이고 찬 돌판, 나는 두 손으로 만져 보았습니다

제13처소

13처소, 비아 돌로로사 길은
십자가 위서 매달린 채 끊긴 목숨
예수의 처진 목을 끌어내렸던 곳
작아 큰 어머니 마리아, 성모 마리아
마리아의 아치형 유리관 제단이 있는 곳입니다

13처소 앞에서 아르메니아 신도들 만났습니다
십자가 진 구레나룻 아르메니아 수首와 눈인사
예수의 뒤를 따랐던 예루살렘 여인들처럼
부활 예수의 몸을 먼저 보았던 유대 여인들처럼
검은 통옷 차림과 고운 눈매 아르메니아 여인들
首 둘러 아르메니아 여인들 손을 모으고 있었습니다
십자가 길 걸으며 왜 그래야만 했을까,
십자가 짊을 마다했던 극동 이방인 우리들의 首
우리들 속에서 구경꾼처럼 나는 참 부끄러웠습니다

제14처소

14처소, 비아 돌로로사 길은
신 새벽 마리아가 울고 있었다는
성묘교회 한가운데 빈 무덤 부활의 터
빈 무덤을 기념하는 예배 처소가 있는 곳입니다
그러나 예배 처소가 있다는 작은 처소는 선점 사람들
선점한 사람들 눈빛과 순례 행렬들 침묵이 너무 무거워
극동 그리스도인 나는 기웃 목마름으로 지나야 했습니다

사자들 언덕 골고다, 이천 년 전 그때는
서울로 치면 내가 살고 있는 서북쪽 서울이랄까
예수 또한 낮은 언덕 사람들의 동네 나사렛 사람
지표보다 낮은 사마리아 사람이길 선택했습니다
낮은 성정 사람 예수가 예루살렘 성전 몸체였음을
삶은 반듯이 선 채로 낮은 죽음이어야 함을
죽어야 사는 계율 하늘 질서가 이루어짐임을

어린 시절 무지개와 오로라처럼 마른벼락
천둥 소리가 자명고처럼 마른 뼈 깨운 곳입니다

14처소는 죽어 산 예수의 빈 무덤 터
살아 죽은 사람의 성정 예수가 죽어 살았던
십자가에 달려 죽어 산 죽살이 사람의 아들
예수가 사차원四次元 안테나랄까
땅속까지 금속 피뢰침이라 할까
맹목 성소의 휘장이 찢긴 14처소는
죽어서 반듯이 살았던 하나님 아들 예수
우리 말글 꼭대기랄까, 빈탕 한데라 할까
'올맞이'랄까, '오! 늘' 처소였습니다

이방인 내가 찾았던 요단강 건너 가나안
불 물고 불춤으로 복된 땅 가나안 속 가나안

골고다는 납작 땅 선점한 사람들의 터였습니다
낮밤 3일 동안 머물렀던 예수의 죽살이 터에
무덤 없는 무덤 터에 무덤 집을 만들어
성묘교회 이름으로 무덤 집을 만들어
여섯 나라 여섯 교파가 선점한 곳이었습니다

사람들이 선점한 빈 무덤의 더욱 빈 터
부활 예수를 알렸던 천사들 빈방이 있고
고개를 숙여야 통과하는 작은 문이 있었다는
그러나, 지금은
높은 천장 검붉은 성화 두른 예배당
빈 무덤에 부활 가둔 14예배 처소 내가 찾았을 때는
선점 그리스정교회 사람들, 침묵으로 예배 시간
예까지 와서 눈으로 갈망뿐, 14예배 처소 길
인산인해 사람들 틈에 끼어 걸어야 했습니다

꿈결이듯 깜빡 성지 순례의 길

사자들 언덕 골고다는 사라지고 없었지만

예루살렘과 통곡의 벽 골고다까지 저자 길

팔복교회로 가던 길 샤론의 꽃송이 잊을 수 없습니다

이토에서 꽃송이가 오르듯

3년 공생애 사람의 성정 예수가

붉은 울음 내려놓고 팔복교회로 가던 길

팔복 담에 기대 피었던 샤론의 흰 꽃봉오리들

신음呻吟이 샤론의 하얀 꽃봉오리처럼

신음神音으로 골고다 14처소의 길은

그때 예수의 숨소리가 판화처럼 찍혀서

순례 사람들 함묵이 이명처럼 나를 부르고 있어서

비아 돌로로사 14처소는 때로 십자가 부활 놓은 나에게

깜빡 속 사차원捨次元의 처소였습니다

벧엘 광야 별밤 야곱의 돌베개와 사닥다리처럼

시장 어귀 떡 할머니와 책 등짐 한 법사 점심點心 화두처
럼

에필로그

성지 순례 떠나던 날 70%가 산이란 분단 조국과
강남 강북의 서울은 중원中原으로부터 미증유 미세 먼지
흰옷과 흰 피 가슴으로 항거 굴복했던 미증유 병자년
호란胡亂 호로 떼의 검붉은 말 갈퀴이듯 미세한 먼지가
먼지 속에서 좌우로 칼날처럼 한성판윤 선거였습니다
그러나, 피폐
땅의 90%가 황무지 그대로 팔레스티나 속 이스라엘
복지 가나안 땅은 지중해 동풍의 마른 날이었지만
햇살 오월과 푸른 종려 잎과 올리브 파란 알알 포도들
밤하늘의 별빛은 어린 시절 제사 때면 보았던 놋그릇이듯
달밤의 헤엄 때면 빛 비늘이 온몸을 감싸듯 참 맑았습니다

나의 성지 순례는 팔레스티나

마른 우물처럼 사람들 눈동자와
가나안 복지 하늘 떡집 베들레헴에서
검은 남루와 누런 콧물 옷소매의 아이들
히잡과 차도르 주눅 눈동자 무슬림 여인들과
까까머리와 맨발 중학 시절 성경 시간에 들었던
포도 맛 대신 맨발 또래들 무성했던 발 냄새의
나중 포도주 맛에 잔칫집 사람들이 더욱 취했다는
포도 향기 사라진 마른 돌 항아리 지하 거미줄 계단과
고난 주간 때면 불렀던 영문營門 밖 골고다 십자가의 길
부활절 흰옷 찬양대 틈에 끼어 불렀던 보배 갈보리 언덕
지친 몸이었지만 별빛 하늘 우러러 예루살렘 순례였습니다

붉은 살점과 피 십자가 길이면서
푸른 하늘 문 첫 부활의 터 골고다

종교 지도자들이

죽어서 산 예수 없는 부활 몸 터를 봉인

돌길 놓고 깔아 기념관처럼 분묘교회墳墓教會

무덤 인봉印封 불을 켜 순례자들과 구경꾼을 초대

또한 나 어중간 사자 언덕 덮은 분묘墳廟의 순례

은현隱顯 예수 빈 무덤 터는 들어서지 못했지만

순례자들의 젖은 눈과 젖은 침묵 젖은 숨소리

물방울 돋듯 발걸음들 두 귀 적막 나를 열면서

납작 세상에서 내 속 나를 돌아보는 순례 사람들

죽어야 반듯이 사는 죽살이 순례자들 틈에 섞이어서

땅 사람들 목마름과 열혈 뒤져 떨림으로 순례였습니다

비무장 속 더욱 불 칼의 나라 늙은이라 그랬을까

예수가 묻혔다가 깬 부활의 터 열네 번째 예배 처소

14의 예배 처소만은 반쪽 나라 극동 이방인이라 그랬을

까

선점 백인들에 밀려 뒤뜰 모습 극동 이방인 나였지만

흰 살결이지 못한 검은 피부 에티오피아 형제들

노아의 둘째 함 후예일 거라는 에티오피아의 사람들

에티오피아 형제들의 베들레헴 마구간처럼 초라 돌무덤
과

神子 예수가 한 걸음 뜨거운 눈물로 걸었던 팔레스티나
저자 길 잊을 수 없습니다

플라스틱 물병 들고도 목이 말랐던 그날의

사람 성정 예수가 목마름으로 비아 돌로로사 길

무슬림과 이스라엘 사람들의 목숨으로 저잣거리

믿음은 허심실복虛心實復의 밀힘이라야 다짐했지만

한 교포 예루살렘 멀건 된장국 부슬 쌀밥 앞에서

기도도 깜빡 허겁지겁 숟가락과 젓가락 붙들었던

밑힘이지 못하고 눈 귀 헐렁 배꼽시계의 내 모습
입전수수入廛垂手 밑힘이지 못하고 지금껏 나뿐의 나
숟가락 먼저, 밑힘 못된 나뿐 믿음 나를 보았습니다

내가 걸어 나갔던 비아 돌로로사 14처소 사람의 길
헤롯 안토니우스, 빌라도 법정으로부터 4백여 미터쯤
사자들의 터 골고다 언덕 성분묘교회까지 순례 길
유리 바다처럼 청결 성채이길 바랐던 예루살렘 성은
하늘 아래 머리 둘 곳 없다는 예수 말씀 때문이었을까
환한 불 켜 예수가 없는 무덤 예수 묻혔다는 환한 표지
천둥과 지진 골고다 하늘을 가려 종교의 지도자들은
부활 예수의 빈 죽음의 터 만들어 얻은 것과 잃은 것은
웅좌, 성묘교회 밖은 버짐 꽃처럼 사람들의 낮은 집
사람들 지붕에 서녘 햇살이 선혈처럼 내려와 있었습니다

나도 하나님께 근원의 물음을 던지고
근원의 질문을 받을 때가 있었습니다, 때면
문제는 기제既濟보다 미제未濟[13]로 살아감이라는
패랭이 꽃길 작은 예배당 헐렁 검은 예복 목사님의
그때 검은 예복 목사님이 침방울 튀겼던 증거처럼
해결보다 사라짐을 붙잡는 눈이 하나님의 은혜라는
불가능으로 가능의 성경 말씀과 더불어 온 60여 년
귀와 마음에 담기 시작 오늘까지 말씀 성경 붙들고
더러 공중 기도 때면 부활 예수의 전능과 무소부재의
있어 없음과 없어 있음으로 예수의 부활과 십자가를
두 바퀴 자전거를 배우고 타듯 오늘까지 나였습니다

예수 이름 빌어 세운 두 일터서 38년 노 저었습니다
예수 없는 갈릴리, 물결에 휘말리듯 삶이 아니었을까
몸 나만 붙잡고 얼 나 놓은 기도氣道 내가 아니었을까

노를 놓아버린 정박으로 기도企圖뿐 내가 아니었을까
목숨 꿈틀 없는 허황 기도祈禱 70 나이 나 아니었을까
은유와 상징, 폭력적 언어 결합이 시인의 사명이라고
고장 피뢰침과 안테나, 불통 모국어 시인 아니었을까
믿음과 밑힘 참치부제 엇물린 풋감 내가 아니었을까

그럼에도 불구하고
실루엣이나 오로라의 일렁거림처럼
비아 돌로로사 14처소의 순례 길은
어린 시절 바다 일터에서 돌아오시던 아버지
소금 눈썹과 검붉은 옹이 손바닥으로 여덟 남매
여덟 남매 배 채우셨던 어머님과 아버님 모습처럼
갈릴리 어부 시몬의 정맥혈뿐 손바닥 옹이를 잡아
사람을 낚는 베드로로 불러 주셨던 나사렛 사람 예수
부드러운 음성 예수 그리스도가 십자가를 지고 걸었던

비아 돌로로사 14처소 꿈결처럼 순례 잊을 수 없습니다

아브람과 아브라함 한 핏줄 두 마음 예루살렘
한 핏줄 두 마음 분단 내 조국처럼 적멸의 터
샬롬, 하루 안녕 기원하는 통곡의 벽 유대인들
샬롬, 무슬림 여인들과 마른 우물 눈빛 아이들
스물 나이 유대 여자 군인들 어깨 위의 총구 하늘
사자 언덕 덮은 분묘墳廟 홀황 어지럼으로 성화들
예수가 걸었다는 팔레스티나 사람들 저자 골목길
십자가 首 뒤를 따르는 흑, 백, 황, 순례 남녀들
순례자들의 피아니시모 목숨 빛과 순한 눈빛들을
마른 햇살 아래 푸른 하늘 버짐 꽃처럼 사람들을
400m 골고다 짧아 긴 순례길 잊을 수가 없습니다

단풍잎이 선혈처럼 곱다는 숲속마을 풍동

어린 시절 어머니가 치성 새벽을 올려드리듯
새벽이면 숲속마을 숲길을 걸어 중년 아낙들
안개 속 붉은 십자가 안개 길 교회로 갑니다
없어 있는 하늘나라와 분단과 분열 내 조국과
지아비와 새끼들, 새끼들의 새끼들 평안 하루 위해
정한수 뜨는 마음 새벽 문을 열고 새벽길을 갑니다
아내[14]가 비운 새벽 서창에 불을 켜고 앉습니다

고통苦痛을 외면, 고통高通이지 못했던
신음뿐 神音 듣지 못한 몸 나 얼 나를 뜯어봅니다
알루미늄 십자가 지붕 한사리 여礖처럼 드러납니다
교회 담과 시그널 사이 여자들이 기다리고 있습니다
시그널 앞 한 여자, 누런 월급봉투 시절 아내를 봅니다
그녀 품에 기대 숟가락 잡고 놓는 법 미완인 채 아이들
고만고만한 새끼들 어른이 된 아이들의 지금을 봅니다

어린 시절 명절 때면 더욱 흥남의 숙부님들이 그리워서
굽은 허리채 돌아눕던 할머니 한숨 새벽을 생각합니다

신음神音 듣지 못하고 신음으로 야곱처럼 나였습니다
경의선 철길이듯 찢긴 모르타르 길 비틀걸음 나였습니다
광림光臨교회 십자가와 잿빛 지붕에 햇살이 내려옵니다
高生 향한 고생이 깜빡 속 영원과 영원 속 깜빡 법임을
呻吟과 苦生이 단잠으로 일흔 나이 눕는 법임 알았습니다

죽음이 다가오자 단식으로 죽음을 맞이했던
한 스승님의 엑스레이는 하루살이 창자처럼
시험 민둥산 예수의 40주야 그날 그때처럼
환히 속이 비었었다는 아드님의 전화였습니다

엑스선 속 실복實腹과 허심, 스승님 배 속 빈 나라는
안동 삼베나 한산 모시 햇살 속 사각거림이었을까
누에고치가 몸의 팔만 배 명주 올 올 감음이었을까
풀 먹인 하얀 빨래 어머니와 누이의 다듬질이었을까
빈창자 한결 마음 두 손으로 스승님, 스승님의 나라
하얀 믿음과 붉은 밑힘이 수평과 수직 4차원 그 나라
하루살이 창자처럼 '깨끝, 올참'으로 스승님의 그 나라
종교는 은하계 별빛 세계라 태양계서는 볼 수 없다는
빈창자의 힘 스승님은 빈탕 한데 그 나라로 가셨습니다

요단강 건너 가나안의 땅은 크리스마스카드처럼 아니었습니다
가나안 복지 팔레스티나는 정종政宗 뒤엉켜서 풀무질의
예수가 걸어갔던 예루살렘과 비아 돌로로사 저자 길과
돌 위 돌 하나까지 70년 뒤 예루살렘과 분단 70년 나라

분단 시간과 공간 사람과 사람 관계 속 나를 봅니다
몸 나 벗어놓고 얼나 나를 붙잡아 살아가지 못했던
몸 맘 나를 놓고 깨끗 얼숨 나를 붙잡아야 하는 함의含意
보푸라기랄까, 진물 꽃이랄까 순례 길이었던 나, 그러나
간난艱難 풀무질과 죽살이 비아 돌로로사 14처소 별빛 길
딴에는,
신음으로 신음神音을 다짐 순례자의 길이었습니다

분열과 불 섶 붉은 십자가의 내 나라
비아 돌로로사 저자 길처럼 분단 조국
문자판 덮어 놓고 두 손 나를 모았습니다
몸의 허리 한 올 또 한 올 누에고치 조국을
명주明紬 올올 누에고치의 부활 날개 내 조국을
남북 좌우 두 날개의 활짝 비익조처럼 그날을
苦生 속 呻吟, 팔복교회 가던 길 샤론의 합창으로 그날을

기름 준비 다섯 처녀 등불 춤 그날 그려 손을 모았습니다

깨끝[15]

은현隱顯과 은총

사람의 아들이 선택, 걸어가야만 했던

비아 돌로로사 14처소는 저자 길이었지만

척박 속 부활 숨 터 비아 돌로로사 길 여미어

마가 다락방 성령이 불의 혀처럼, 밑힘과 믿음

청결, 거룩으로 삶은 오순절 그때 불의 혀처럼

그렇습니다, 불의 혀가 장미꽃으로 피어오르는

십자가 즉 부활의 두 눈 두 손으로 순례였습니다

회의가 곧 아멘과 얼 춤으로 순례자 길이었습니다

|후주|

1 VIA DOLOROSA

'슬픔의 길, 수난의 길'이란 뜻의 라틴어입니다. 예루살렘 헤롯 왕의 안토니우스 요새로부터 골고다 언덕까지의 약 400미터 남짓 거리입니다. 기록에 따르면 17세기 초 서구 기독교 신자들이 예수가 십자가를 지고 걸었으리라 추정한 장소라 했습니다. 길에는 14처소의 표지와 기념건물 들이 있습니다. 이 길은 神子면서 人子였던 예수가 당시 세상의 권력자와 종교 지도자 들에 의해 십자가를 지고 걸었던 길입니다. 그러나 신학자들은 예수가 스스로 십자가를 지는 일을 선택하고 사람의 성정으로 피와 눈물을 흘렸던 길이요, 사람들을 창조 당시로 돌리기 위해 삼위일체 그리스도 예수가 즉 他者들의 죄를 구속救贖하기 위해 속죄양 모습으로 걸으며 본을 보여 준 길이라 말합니다. 비아 돌로로사 14처소를 걸으며 나는 불교의 심우송尋牛頌의 입전수수入廛垂手란 말과 길이 길道에 걸리면 길이 아니라는 노자의 《도덕경》 1장 말씀이 나를 붙잡다가 흘러갔습니다. 그러나 나는 이신칭의以信稱義 마음으로 길을 걸었고, 14처소 길에 내포되어 있는 하나님의 아들 예수만의 Way, 사람의 아들로서 예수의 Road, 시인으로 예수의 Speak를 생각했습니다.

2 깜빡

깜빡이란 결단의 순간을 말합니다. 성경은 깜빡Kairos 사건으로 예수의 탄생, 십자가와 부활 사건을 Kairos(깜빡)라 합니다. 깜빡을 동양의 자정自淨, 자각으로 지혜의 선지식, 무신론 실존철학자 하이데거는 카이로스를 나 자신의 주체성 확립을 위한 시간이라 했습니다. 데리다는 현상학자 후설의 이론을 빌려 살아 있는 현재도 눈을 깜빡하는 순간으로 해석, '깜'은 눈을 감은 깜깜한 상태이고 '빡'은 눈을 떠 보는 의식지향의 사유라 했고, 칸트는 인간 사고를 초월한 지적 직관과 영적 직관을 펼치는 능력이라 했습니다. 깜빡의 동양 사유의 한 축인 선종에서는 점심點心이라 합니다. 점심은 過去心不可得, 現在心 不可得, 未來心不可得이라는 뜻입니다. 점심 Kairos을 다석多夕 유영모는 時中, 가온찍기라 했습니다.

3 진리를 묶어 놓고 진리를 물었던

진리가 무엇이냐는 빌라도의 물음에 예수는 답하지 않았습니다. 노자 《도덕경》 1장 '道可道非常道'라는 말처럼 진리는 은현隱顯의 세계이지 말로 할 수 있는 세계가 아니기 때문입니다. 만약 그때 예수가 진리에 대한 물음에 답을 했더라면 예수의 말은 언어 안에 갇혀 상대성을 지닐 수밖에 없었을 것입니다. 헤겔 이후 포스트모더니즘의 데리다까지 인본주의 서구 사상은 예수의 절대 세계를 해체, 하향 평준화를 시도했습니다. 상대에 갇힐 수 있는 언어적 진리에 대한 칸트의 견해입니다. '그것은 순수이성의 대상은 될 수 있을지 모르지만 답은 아니다. 절대 진리의 세계는 실천이성의 세계이다. 40일 금식한 예수나 6년 선정의 석가모니 경우처럼 깨달음으로 얻은 실천의 세계는 순수이성의 울을 넘은 세계이다.' 더 극적인 진리의 표현으로 이 세계는 모세가 본 불이 붙었지만 연기도 없고 타지 않는 시내산의 떨기나무 체험 세계라 했습니다. 이런 엑스터시로 실천이성의 체험을 노자는 홀황惚恍이라 했는데 홀황의 세계는 직관과 지혜의 세계이지 순수이성으로 지식의 세계가 아닙니다.

4 보라, 이 사람이다

채찍질과 가시면류관으로 인하여 피땀 범벅이 된 사람의 아들 예수의 모습입니다. 빌라도의 말 속에는 너희들 종족인 이 사람이 이 지경이 되도록 고난을 받았으면 족하지 않겠는가, 또 인정상 이 사람을 석방해도 되지 않겠는가, 라는 그의 속마음이 담겨 있습니다. 그러나 유대인들은 십자가에 못 박으라 재촉합니다. 이 사건을 두고 선지자 요한은 '보라 세상 죄를 지고 가는 하나님의 어린 양이로다'(요 1:29)라 했습니다. 성경 속의 예수 기사를 시의 제재로 하는 내 생각도 그렇지만, 이 사건을 두고 신학자들은 말씀(神子)이 육신(人子)이 된 사건의 정점still point이라 합니다. 즉 삼위일체 하나님이 육신이 되어 가장 처참한 사람의 길을 걸었다는 것입니다.

5 몸肉과 혼魂과 영靈

히브리인들은 사람을 몸, 혼, 영의 삼분법으로 생각했습니다. 첫째 몸 곧 육체인데 몸body, soma은 생명을 담는 그릇으로 눈에 보이는 각양 형태로 존재하는 지상의 살아 있는 모든 생물에 적용하였습니다. 둘째 혼魂, soul, psyche입니다. 우리 전통 신앙의 혼백이 여기에 해당되고 성리학에서는 氣로 표현했습니다. 기운 혹은 숨으로 혼을 창세기에서는 동물과 사람에 적용했고 재림 때에 심판의 장소가 되는 곳입니다. 셋째 영靈, spirit, pneuma입니다. 영은 식물이나 동물에게 없는 하나님의 영을 부여받은 사람만의 영원한 실체로 생명입니다. 성경에는 오직 사람만이 영적인 존재(창 2:7, 말 2:15)로 하나님과 교제가 가능한 존재로 보았습니다. 그러나 그리스의 헬레니즘이나 동양의 여러 사상들은 영과 혼을 구별하지 않고 靈과 魂을 하나로 묶어 '自然卽神, 神卽自然'이라는 범신론을 주장합니다. 해방신학과 포스트모더니즘 등은 절대자마저 이성과 과학의 수평선상에 놓고 분석해 삼분법의 구분을 부정하고 있습니다.

6 장대현장로교회

20세기 초 평양이 동양의 예루살렘으로 불리던 시절이 있었습니다. 기미독립운동 33인의 한 사람이었던 길선주 목사가 몸을 담기도 했던 곳이 평양성 장대현장로교회입니다. 이 장대현교회는 평양성을 중심으로 일제 강점기 시절 민족회개운동과 신사참배 때에 목숨을 걸고 반대 항거를 했던 중심지였습니다. 광복이 되고 북한이 공산화가 되면서 김일성은 1948년 9월 장대현교회의 자리를 그들 말로 까부수고 만수대로 개명한 후 그의 집무실로 개조하였습니다. 김일성이 죽은 후 뒤를 이은 아들 김정일은 김일성 시신을 안치, 1994년 7월 8일 만수대 대신 금수산궁전으로 다시 개명하였습니다.

7 강제징집녀

정한론征韓論의 정당성을 주장했던 식민사관 학자들과 일본 군국주의자들이 말한 정신대挺身隊는 연락선이나 거룻배를 띄울 때 주인에 앞서 몸을 던져 배에 몸을 싣는다는 뜻입니다. 그래서 내선일체를 위해 반도 조선 여자들을 징집하는 일은 당연하다는 논리가 그들의 생각이었습니다. 그러나 정신대라는 말이 너무 처절해 대신 쓰고 있는 종군 위안부란 말 또한 젊은 처자들이 전쟁하는 군인들을 따라가 허드렛일과 위안부의 역할을 한다는 뜻입니다. 오십보백보입니다. 지금도 우리는 신문이며 방송, 나아가 정부 당국자 들도 이 정신대와 동급인 종군 위안부라는 말을 쓰고 있습니다. 그러나 외국 언론들은 종군 위안부를 강제로 징집한 일본 군인들의 성노예sex slaves of Japanes Army라 합니다.

8 聖墳墓敎會

골고다 혹은 갈보리라 불리는 사자들 무덤 터에 세운 교회를 말합니다. 예수가 죽음을 딛고 부활한 기독교 최고의 성지면서 기독교가 부활의 종교로 출발한 무덤이 없는 무덤으로 땅 위의 최대 최후의 기독교 성지입니다. 현재 가톨릭교회, 그리스정교회, 이집트 곱트교회, 에티오피아교회, 아르메니아교회, 시리아정교회의 여섯 종파宗派가 성분묘교회를 분할 관리하고 있습니다.

宗派는 마루 宗과 물갈래 派입니다. 마루 宗은 한 집안의 우듬지로 집입니다. 그래서 우듬지 宗은 조상의 제사를 지내는 큰 집입니다. 그럴 때면 흩어져[派] 살고 있던 가족들이 부모의 제사를 위해 모이는 집이었습니다. 지금의 분묘교회는 예수의 부활로 빈 무덤 자리에 기념으로 세웠습니다. 이곳에서도 심심찮게 여섯 교파 사이 관할 구역을 두고 성탄절이나 부활절이면 티격태격한다는 소식이 전해졌습니다.

이 구역 다툼은 利他의 길을 보였던 예수보다 利己의 종파 심리 때문입니다. 그래서 나는 예수의 빈 무덤 터에 墳墓를 만들고 교회라는 말을 씌어 제사 중심의 墳廟를 조장하는 일은 하지 않아야 한다는 생각입니다.
기독교가 이 나라에 전파된 지 150년 남짓, 우리의 경우 기독교 발생국도 아닌 수용의 나라인데 인구의 약 23%가 이력서에 종교는 기독교라고 씁니다. 또 150년 남짓 우리 기독교는 갈기갈기 종파들의 이해타산으로 '十字架卽復活'의 宗家까지 침몰시키고 있습니다. 즉 십자가와 부활이란 우듬지를 잃거나 놓아 버리고 물결과 물갈래로 나뉘고 여기에 우리 본래의 샤머니즘과 치성 중심 불교, 유학의 권위주의로 예언보다도 가부장적 제사장직에 빠져 있습니다. 결과 도시의 별 없는 밤에 별 대신 붉은 십자가를 매달아 놓고 있는 형편입니다.
波와 派가 나쁘다는 말이 아닙니다. 맑고 깨끗한 물을 위해서는 물결[波]이 필요하고 풍요한 수량과 강 본래 아름다움을 위해서는 물갈래[派]가 필요합니다. 왜냐하면 흐르는 것이 불변으로 물의 성정이요, 흘러 깨끗함을 유지함이 유용한 물이기 때문입니다. 성경은 宗으로 믿음은 변함이 없어야 하지만 전하는 방법으로 밑힘은 달라야 한다 했습니다. 성지순례에서 나는 시체 없는 빈 墳墓가 제사의 墳廟가 되지 않았으면 하는 마음이 간절했습니다.

9 극동

19세기말 백인 중심, 특히 영국이 해 뜨는 곳에서 해가 지는 데까지 영토를 확장하면서 백인 우월주의 사고방식에서 생긴 말입니다. 영국과 프랑스 등 백인의 문명과 문화가 여타 유색 인종보다 우월하다는 백인 중심 지정학적 세계관입니다. 영국이 선점한 동양을 그들은 근동Near East, 중동Middle East, 극동Far East의 순서로 나눠 불렀습니다. 근동은 지중해의 동부해안을 따라 위치한 그리스를 포함한 발칸반도와 터키, 이스라엘 등입니다. 중동은 아랍과 아프리카 북부, 파키스탄과 아프가니스탄을, 그리고 극동은 중국, 한국, 일본을 지칭했습니다.

19세기 극동 3국은 서구 문명과 기독교의 수용의 자세를 보였습니다. 중국은 중체서용中體西用이란 입장에서, 한국은 동도서기東道西器, 일본은 화혼양기和魂洋技의 입장이었습니다. 그때 우리 입장은 우리 윤리관을 지키고 서양 것을 활용한다고 했지만 분단으로 사상과 윤리적 삶이 혼란했던 우리나라, 남한은 시장자본의 각축장이 되어 특히 미국의 시장 터였고 유·불·기독교가 뒤섞여 문화적으로는 개펄이나 섞어찌개처럼 혼란의 연속이었습니다.

10 꿈틀

꿈틀거림이란 뜻과 꿈을 꾸는 존재가 사람이란 뜻입니다.

예컨대 나무가 하늘에 꽃과 열매의 꿈을 맺기 위해 푸르게 솟아오름이 꿈틀거림이요, 꽃과 열매가 꿈틀입니다. 실존주의 소설가 카프카는 그의 소설 《변신》에서 유신론적 실존의 삶을 주인공 그레고리 잠자를 통해 빛이 들어오는 동굴 입구를 향해 피투성이인 채로 꿈틀거리며 기어가는 존재라고 했습니다. 사람은 꿈의 틀이면서 계속 꿈틀거림으로 자기의 본체를 확인하는 실존적 존재입니다.

11 三層天

유대인들의 하늘에 대한 이해와 히브리인들의 삼층 천의 생각입니다.

(a) 일층천sky은 새가 날고 日月星辰이 있는 곳(창 1:6-8, 벧후 3:7)입니다.

(b) 이층천mid heaven은 일층과 삼층 사이 사탄과 악령 공중의 권세 잡은 자들이 활개를 치며 진을 치고 있는 곳입니다. 이 이층천을 바울서신(엡 2:2, 살전 4:16-17)에서는 예수의 재림 장소라고 했습니다.

(c) 삼층천heaven은 창조주 하나님과 천군 천사가 있는 곳으로 낙원입니다. 바울이 환상 속에서 방문했던 낙원 체험(고후 12:1-4)을 기록해 놓았습니다.

12 밑힘과 믿음

믿음은 바라는 것의 실상이요, 보지 못하는 것의 증거라는 성경의 말씀을 多夕 유영모 선생은 마음은 비우고 배를 채우는 허심실복虛心實腹의 삶이라 했습니다. 성경은 허심실복으로 믿음과 행위의 유기성을 신구약에 병치해 놓았습니다. 특히 구약의 용서[虛心]로 호세아서와 정의[實腹]로 아모스서, 신약의 사랑으로 고린도서와 공의로 야고보서의 병치가 그 대표적인 예입니다.

우리나라에서 한때 행동하는 양심이란 말이 유행했는데 행동은 믿음이요, 양심을 밑힘이라 할 수 있습니다. 왜냐하면 살아 역사하는 기독교의 힘은 정직이요, 정직이란 말은 믿음과 양심이 두 축으로 되어 있기 때문입니다. 그러나 우리 경우 정치라는 腹心이 뿌리박고 있었기 때문에 성공하지 못했습니다. 다석이 말하는 믿음과 밑힘은 여윔으로 나를 잠그는 일이 선행되어야 한다 했습니다.

여윔으로 나를 잠그는 방법을 현재 선생은 一仁, 一坐, 一食의 삶을 실천하는 일이라 했습니다. 내가 보고 알게 된 성경은 믿음과 밑힘의 예언자들 라인으로 계속 지탱되었는데 출발은 다윗과 밧세바의 경우를 질책했던 나단 선지자 때부터라 생각합니다. 그러나 제사장적인 삶은 예수를 엎거나 죽이고 파는 세속과의 끊임없는 타협이었습니다.

나는 분묘교회를 만든 서구 종교 지도자들과 장대현교회의 터인 금수산궁전을 찾은 남한 기독교 종교지도자들의 모습을 허심실복이란 말에 결부 이미지화했습니다. 허심의 밑힘과 실복의 믿음으로 삶을 다석과 현재 선생은 하루 한 끼니만 밥과 물속에 머리를 넣어 헤엄을 치는 법을 익히는 몰두로 비유했고, 허중 선생은 자전거 타는 법을 배워 左右 두 바퀴를 밟아 앞으로 나아가는 비유로 인성과 신성의 균형 잡는 삶 법을 말했는데 참 깊은 뜻의 쉬운 좋은 비유들입니다.

13 기제既濟와 미제未濟

《주역》 63괘 수화기제水火既濟, 64괘 화수미제火水未濟 괘의 이름입니다. 기제는 이미 물을 건넜다는 뜻이요, 미제는 물을 아직 건너지 못했다는 뜻입니다. 기제의 경우는 上卦의 물과 下卦의 불의 상생으로 머리는 언제나 찬물이 되고 발은 언제나 뜨거운 불이 되는 건강한 육체에 건강한 정신입니다. 그러나 화수미제는 염상누수炎上漏水라고도 하는데 불과 물이 상극하는 것으로 머리가 뜨거워지고 손발이 차지는 병든 나와 너 우리의 병 든 삶의 현상을 말합니다.

14 아내

15세기 우리 문헌은 아내를 안해(안+ㅎ+애)라 썼고, 20세기 초까지 일상어로 안해가 두루 쓰였습니다. 나는 '안해'라는 말을 집 안의 해라는 뜻으로 풀이합니다. 아내가 있다가 없는 집안을 생각해 보십시오, 회의문자 妻(안해)는 오른손에 빗자루를 들고 서 있는 여자의 모습입니다. 그래서 안해 즉 아내는 안에 해를 품고 있는 집이요, 햇살이 가득한 집입니다. 햇살은 모든 것을 밝히고 키우지만 중력이 없습니다. 바른 어머니와 아내도 집안의 해와 햇살로 존재였지만 중력을 행사하려 하지 않았습니다. 아내와 햇살은 중력이 없어야 합니다. 햇살에 중력이 있다고 생각해 보십시오. 햇살은 모든 것을 파괴하고 맙니다, 지금은 아내 즉 여자가 집안의 추樞가 된 세상입니다. 그러나 추는 출입할 때 문을 지탱해 주는 지도리입니다. 아내 또한 지도리로 쓰임이요, 무중력의 햇살이나 물의 흐름이 불변인 것처럼 부드러우면서도 강함이어야 합니다.

15 깨끝

우리말 우리글로 철학하기의 *多夕* 선생은 사람의 삶은 생사로 끝나는 것이 아니라 종시終始 즉 死生으로서의 삶인데 이 사생의 삶 법을 깨끝이라 했습니다. 하루 한 끼니 저녁밥만으로 살았던 선생은 밤하늘의 별처럼 깨끝으로 삶을 우리에게 보여 주었습니다. 깨는 깬다는 뜻과 깨끗함이란 뜻이요, 끝은 몸 삶의 生死 끝이 얼 삶으로 死生의 시작이라 했습니다, 그래서 깨끝이란 말은 始終의 삶이 곧 終始의 삶이란 말을 함축하고 있습니다. 현재의 스승 다석은 이런 깨끝의 깬 사람 대표가 십자가[死]에서 부활[生]한 예수의 삶이라 했습니다. 그리고 그런 지상 생활을 살았던 예수의 몸은 반드시 배는 텅 비고 ᄋᆞᆯ만 가득한 하루살이처럼 몸이어야 한다 했습니다. 하루살이의 투명한 알과 얼로 삶이 예수가 말한 진리의 ᄋᆞᆯ(靈, 鯤)입니다. 다석은 진리의 영을 우리말 아래아(ㆍ, 하늘을 본뜸)를 사용하여 ᄋᆞᆯ이라 했고 예수의 땅 위 공생애 삶을 'ᄋᆞᆯ참'이라 했습니다.

ᄋᆞᆯ은 1970년대 지식인들의 수난과 저항의 때에 함석헌이 民을 씨ᄋᆞᆯ이란 말로 바꿔 퍼뜨리면서 알려졌습니다. 그러나 이 ᄋᆞᆯ은 함석헌의 오산학교 시절 스승인 다석 유영모의 立言이었습니다. 다석은 중용中庸을 ᄀᆞ온소리로, 특히 서구의 실존철학을 탄생시킨(요 12:24) 예수의 밀알의 비유를 우리말 아래 아(ㆍ)를 깨워 'ᄋᆞᆯ'이라 했습니다. 하늘을 숭상했던 우리 민족의 성정은 봉황의 설화를 탄생시켰고 기독교를 빨리 받아들인 또 한 계기도 되었습니다. 청나라 말기 중국에서 22년 기독교 선교사였던 리하르트 빌헬름은 중국인의 경전 주역을 접한 다음 중국의 한 사람에게도 세례를 베풀지 않았다고 했습니다. 일본은 그들 인구의 약 0.83%가 윤리적으로 기독교인이지만 그들은 기독교의 핵심인 정직을 배워 지키고 있다는 말을 들었습니다. 극동 두 나라에 비해 내가 살고 있는 남한의 경우는 무비판적으로 기독교를 수용했기 때

문에 기독교의 허심실복으로 근본 정직성을 상실, 섞어찌개나 비빔밥처럼 종교 혼합주의와 분파와 분쟁, 政宗과 宗派의 척박 땅이 되고 말았습니다.

|평석|

《비아 돌로로사》 평석評釋

허중虛中 이명섭(성균관대 명예교수)

들어가는 말

이 연작시는 김석 시인이 2012년 5월에 경험한 성지 순례를 증거한 작품이다. 시인이 필자에게 시평을 부탁한 것은 김 시인이 다석 유영모 선생의 수제자인 현재 김흥호 선생의 연경반 강의를 1983년 6월부터 청강했고, 현재 선생이 은퇴한 후 5년 반 동안 현재 선생의 뒤를 이어 연경반을 맡아온 필자의 강의 중 엘리엇 강의부터 청강한 인연이 있었기 때문이다.

1890년에 태어난 다석 선생보다 2년 연상인 T. S. 엘리엇Eliot도 서양에서는 처음으로 힌두교와 불교 등 동양철학의 시각에서 성경을 해석했다. 영원의 상징인 다석의 "가온찌기"*와 "꼭

* 가온찌기는 시공간 속에 사는 인간의 능동적인 "가온찍기" 행위와 수동적인 "가온찍힘"이 시공간을 초월한 하나님의 "가온점"에서 하나로 귀일歸一되어 반대가 일치된 중도中道로서 문법적으로는 헬라어의 중간태middle voice에 해당하는 것으로 생각된다. "행동이 [신의 뜻을 따르는] 수동이고/수동이 행동(action is suffering/

대기"가 바로 엘리엇의 "정점still point"과 상통하는 개념이다. 김석 시인은 《비아 돌로로사Via Dolorosa》가 필자의 엘리엇 강의에서 많은 영향을 받았다고 한다. 시에 나오는 "신음呻吟과 신음神音", "납작 땅", "사차원" 등과 같은 것들은 필자가 연경반 강의에서 즐겨 사용하던 표현들이어서 독자들에서 설명할 필요를 느꼈다. 또한 필자도 2010년 4월과 2014년 2월 두 번 성지 순례를 하면서 시인과 같은 경험을 했다. 시인의 문제가 필자의 관심사이기도 했다. 이 시를 정독하면서 다시 깊이 생각할 기회를 준 시인에게 감사드린다. 연작시 프롤로그의 첫 부분이다.

> 오월 한 날 극동
> 이방의 순례자 나는
> 은하계銀河系 별빛 목마름으로
> 마른버짐처럼 땅 팔레스티나로
> 새끼나귀를 타고 오셨다는 성삼위聖三位
> 비아 돌로로사 예수의 14처소의 길을
> 뛰는 가슴, 두 손의 목마름을 여미며

And suffering is action)"이라고 하는 엘리엇의 《대성당 내의 살인》의 주인공 캔터베리 대주교 토마스의 말(I부)과 "일흔 살에 마음이 하고 싶은 대로 행동해도 법도를 어기지 않는(七十而 從心所欲 不踰矩)" 공자님의 경지(《논어》 2.4)가 "가온찌기"와 유사한 것 같다. 가온은 가운데의 중세어로서 어원은 "갑(甲)은(어미)데(곳)" [〈 가온대 〈 가분딗]다. 甲은 껍질(口) 한가운데에 있던 씨알이 봄에 햇볕을 받아 껍질을 뚫고 태양을 향해(十=↑) 솟아오르는 모습을 그린 상형문이다.

사람의 아들 예수가 걸었던 길 찾았습니다

—〈프롤로그〉 부분

시인의 증언에 따르면, 석汐이란 필명은 1973년 오후 문학 동인 시절 해운대 달맞이 집에서 마침 밀물 위에 달이 걸쳐 있고 장자의 "만물제동萬物齊同"을 생각하다가 모인 대학 선후배들의 동의를 얻어 사용해 온 이름이라 한다. 시인의 《비아 돌로로사》는 현재 김흥호 선생이 좋아하시던 소강절邵康節의 〈청야음淸夜吟〉의 산들바람처럼 시원한 맛을 느끼게 해 준다. "둥근달이 떠올라 하늘 중심에 이른 곳으로부터/산들바람이 호수 면에 이를 때/이렇게 시원한 맛을/아는 이 극히 적은 듯하노라(月到天心處 風來水面時 一般淸意味 料得少人知)." 동양에서 달은 절대자의 상징이고 호수는 마음의 상징이다. 대낮의 태양열을 받은 호수물은 내 뜻(욕망)으로 뜨뜻해진 내 마음이다. 해가 지고 하늘 한가운데에 떠오른 둥근달을 내 마음 눈으로 집중하여 쳐다보면 시원한 성령의 바람이 불어 내려와 이마가 시원해지고 알 수 없는 하나님의 평강이 내 마음에 깃든다.

그러면 청야음과 만물제동의 도추는 어떤 관계가 있을까? 도추道樞는 문에 박은 돌쩌귀(추=지도리)를 돌쩌귀의 구멍(도)에 고정시키고 문을 열고 닫으면 원을 그리면서 문이 잘 열리고 닫힌다는 것에 비유한 것이다. 도추는 컴퍼스의 고정각을 원 중심에 고정시키고 운동각을 돌려 원주를 그리는 것에 비유할 수 있다.

다각형 한 변의 길이가 0과 같게 무한히 미분(lim=0)하면 원 중심처럼 길이가 0인 점이 된다. 모든 점들이 합쳐도 0이다. 그러므로 모든 점이 합친 원주가 원 중심과 같다. 모든 점들이 하나의 초점으로 수렴 집중된 원 중심에서는 모든 점들이 동일하므로 우주를 원주에 비한다면 만물제동이다. 다각형의 모든 직선의 시작과 끝이 한 점에 모여 둘의 간격이 사라지고 동시에 차별상이 사라져 모두 동일하게 된다. 미분의 효시가 된 다각형과 원의 차이가 소실되고 소진되어 다각형을 원으로 작도作圖하는 "실진법"에 관해서는 "§6 만물제동의 사차원"에서 상론하겠다. 하늘 중심에 있는 하나님 "도"의 달[月]에 마음 눈 "추"(지도리)를 집중하고 돌 때 내리는 "하나님"의 평화는 반대되는 충동으로 여기저기에 흐트러진 마음이 하나님 안에서 "하나"로 조화롭게 통일된 상태다. 이것이 도추다. 도추는 저것과 이것의 차별 또는 분별을 초월하여 대립을 하나로 일치시킨다(彼是莫得其偶). 이것이 다름 아닌 중세의 신비 박사, 니콜라우스 쿠자누스Nicolaus Cusanus가 하나님의 속성으로 정의한 "반대의 일치coincidentia oppositorum"다. 사와 생, 십자가와 부활과 같은 차별상이 하나로 귀일되는 가온찌기다. 도추는 십자가를 지기까지 내 뜻을 비우고 천부께 순종하여 부활하신 대 효자 예수 그리스도의 비유 또는 유추로 볼 수 있다. 도추는 원 중심(環中)에 해당하는 지도리(돌쩌귀) 중심에 지도리를 고정시키면(樞始得其環中) 지도리가 원주를 그리며 무궁한 상황에 대응할 것이다(以應無窮). 원이기 때문에 원주의 어떤 지점에서나 걸림이 없어(無礙) 잘 돌아가기 때문에 어떤 상황에서나 잘 대응한다. 원주는 무차별 또는 무분별의 "하나"님이 세상 안으로 육화하신 그리스도의 상징이다.

그리스도는 우주의 중심(환중)인 하늘에 계신 아버지 하나님께 집중하셨다(樞得). 내 뜻을 비우고 겸허히 하나님의 뜻을 따르는 순종이 집중이다. 예수께서 십자가를 지도리처럼 지고 도신 것도 집중이다. 차별상이 있는 직선처럼 "목이 곧은" 교만한 내 뜻을 버리고 하나님의 얼굴에만 시선을 고정하셨다. 지도리 십자가는 그 집중의 상징이다. 지도리 십자가를 지고 돌면서 예수께서는 풍부에도 "예스", 비천에도 "예스", 나중에는 십자가에도 "예스", 부활에도 "예스"하셨다(고후 1:19, 빌 4:12). 대 효자 예수께서는 언제나(無窮) "예스(應)"하셨다. 그래서 일도출생사 일체무애인(一道出生死 一切無礙人)이 되셨다. 고난의 불길이 곧 부활의 장미 길인 비아 돌로로사, 비아 돌로로사가 바로 차별상이 모두 하나로 귀일歸一한 만물제동으로 도추의 길이다.

시인의 필명 저녁 조수, 밀물 석汐 자는 해가 지고 달이 반쯤 나타난(日且冥而月且生) 황혼 모습이다. "영혼의 어두운 밤"에 이 세상에 속한 나의 뜻과 욕심을 비운다. 낮은 욕망의 불이 위로 솟아오르고 그 불을 꺼야 할 물은 밑으로 줄줄 흘러내리는 화승수강火昇水降의 촛불처럼 염상누수炎上漏水의 욕망을 상징하고, 밤은 그 욕망을 비우는 신비의 길을 가르친 십자가 성 요한의 "영혼의 어두운 밤"이다. 많은 반달이 두 개로 축소된 多

와 夕이 합친 유영모 선생의 호인 다석多夕은 세 끼 저녁밥을 축소하여 한 끼 저녁밥으로 귀일歸一시킨다는 뜻이라 한다. 일식은 그의 네 가지 일 중 하나다. 일식은 주야통, 일좌는 천지통이고 일언은 생사통이며 일인仁은 유무통이다. 통은 시공간의 간격이 축소하여 0으로 사라져 원융무애圓融無礙한 무시공의 영원이다. 현재 선생이 애송하던 "일도출생사 일체무애인"의 사사무애事事無礙의 경지이며, 승찬僧璨의 "일공동양 제함만상一空同兩 齊含萬象"의 경지다. 시공간 간격의 특성인 차별과 분별과 대립과 반대가 사라져 모두 하나가 된 만물제동이며, 니콜라우스 쿠자누스가 하나님의 속성으로 정의한 "반대의 일치"다. 다석은 이 만물제동이 틈이 있는 시공간에서 흡수 통일된 로마의 통일 "팍스 로마나"나 미국의 통일 "팍스 아메리카나", 중국의 통일 "팍스 시니카"와 같은 국가 중심의 통일이 아니라, 우주의 중심인 하나님께만 집중하면 좌도 중이요, 우도 중이며, 동도 중이요, 서도 중이 되는 "귀일"이다. "하나님을 사랑하는 자에게는 만사가 협력하여 선을 이루며"(롬 8:28), "먼저 그 나라와 그 의를 구하면 이 모든 것이 더해지는"(마 6:33) 하나님 중심의 삶이다. 이 시의 여러 곳에 나오는 다석 선생의 "하루살이"도 이렇게 영원한 오늘 하루를 사는 귀일이다. 귀일은 하나(一)님께로 돌아가는 것(歸)이다.

필자는 연경반 강의에서 시간과 공간을 절대화하고 광속을 상대화한 뉴턴의 기계론적 시공간의 3차원 물리학과 반대로 시공간을 상대화하고 광속을 절대화한 아인슈타인의 특수상대성원리의 시공 4차원과 기하학의 사차원, 그리고 양자역학의 수직적 중첩 등의 현대 물리학 이론을 자연 계시적 "존재의 유추analogia entis"로 사용해 왔다. 광속을 성서적으로 해석하면 광속은 빛인 하나님의 유추다. 시공간은 그 공간을 0으로 축소 수렴하는 불변하는 절대적인 광속에 따라 변하는 상대적인 변수로 패러다임 교체가 일어났다. "존재의 유추"는 중세 토마스 아퀴나스를 비롯한 신학자들이 즐겨 사용해 온 전통적 비유법이다. 예수님께서 초월적인 진리를 이해하기 쉽게 하기 위하여 사용한 겨자씨 비유, 빚 탕감 비유, 전 재산을 팔아 보물이 묻힌 밭을 산 비유, 씨 뿌리는 비유, 공중에 나는 새와 들에 핀 백합화 등의 비유들이 존재의 유추에 해당한다. 이 존재의 유추 방법은 보이는 자연 사물을 보고 그 속에 숨은 보이지 않는 이치를 미루어서 깊이 생각(推究)하여 밝히는 성리학의 격물치지格物致知 방법에 해당한 것 같다. 이것은 또한 가까운 자연 속에 있는 것을 보고 먼 하늘에 있는 이치를 미루어 생각하는 "근사近思" 또는 "하학상달下學上達"의 접근법이다.

이 비유는 "보이지 않는 하나님의 영원한 능력과 신성이 이해되도록 잘 보이게 피조물에 드러났다"(롬 1 : 20)는 사도 바울의 말씀에 근거하고 있다. 그러나 뉴턴의 시공간 물리학에 기초한 18세기 계몽주의 이래의 철학에서는 칸트처럼 감각적 경험만을 진리로 보고, 초자연적인 경험을 "초월적 환상"으로 전도망상顚倒妄想한 시각이 우세해 왔다. 그래서 신은 인간의 투사에 불과하다는 포이어바흐의 이론이 등장했다. 눈에 보이지 않는 하나님을 눈에 보이는 돈(경제)으로 대치한 마르크스의 공산주의 이데올로기도 이러한 자연관에서 나온 것이다. 19세기에 등장한 자유주의 신학도 이러한 조류에 편승한 것이다. 그래서 칼 바르트의 역설적 변증법 신학은 이러한 자연관에 기초한 "존재의 유추"를 파기하고, 예수께서 가르치신 성경 말씀대로 믿는 "신앙의 유추analogia fidei"를 옹호했던 것이다. 동양 종교의 개념도 특수상대성이론, 양자역학, 니콜라우스 쿠자누스의 극한치가 0이 되는 미분, 연금술사의 돌 등처럼 이해할 수 있도록 피조물에 분명히 보여진 창조주의 영원한 능력과 신성의 "유추"에 불과하다. 존재의 유추는 자연 자체가 곧 신인 동양 종교의 우주신론 또는 범신론과는 다르다. 유추에서는 같은 면보다는 다른 면이 한없이 많다. 다석 선생이 임제臨濟 선사의 "내가 주인이 되는 곳은 그 어디나 진리(隨處作主 立處皆眞)"라는 말에서 "내가 주인이 된다"는 "작주作主"를 "내가 주님을 위(敬愛)한다"는 뜻의 "위주爲主"로 고친 것은 자연에 속한 내가 곧 주인(신)이라는 우주신론을 우주 창조의 유신론으로 바꾼 것이다.

그러나 시공간의 간격을 축소하여 사라지게 한 상대성원리와 양자역학의 도래는 하나님께서 창조하신 자연의 시작품들poiemata 속에도 초월적인 하나님의 영원한 능력과 신성이 인간 이성으로 이해할 수 있게 분명히 보여진 자연(롬 1:20)을 유추로 사용할 근거를 마련해 주었다. 시인의 《비아 돌로로사》에도 이런 존재의 유추가 등장한다. 과거와 미래라는 시간의 간격이 축소되어 0으로 수렴되는 특수상대성이론이나 죽은 고양이와 산 고양이처럼 반대되는 상태가 중첩되어 포개지는 양자역학의 파동방정식은 모순을 인정하지 않은 뉴턴의 고전물리학에서는 망상으로 업신여김을 받아 왔던 역설의 묘리妙理와 기적의 가능성을 열어 주었다. 비아 돌로로사Via Dolorosa는 내려가는 길인 십자가의 고통이 다름 아닌 올라가는 길인 부활이라는 역설이다. 고통스러운 고생의 십자가의 길이 부활하여 높이 태어나는 고생의 길이다. 라틴어 "Dolorosa"는 "슬프다"는 뜻의 형용사다. 이 글자를 상형문으로 보아 파자하면 반대되는 dolor(고통)와 rosa(장미)의 "일치"다. 단테의 《신곡》에 나오는 고통의 연옥불이 곧 천국에 핀 사랑의 장미다. 단테를 스승으로 벤치마크한 엘리엇은 "불과 장미는 하나(And the fire and the rose are one)"라는 말로 그의 대작, 《네 개의 사중주》를 끝맺는다. 시인의 《비아 돌로로사》는 십자가가 부활이라는 초월적인 역설을 증거하는 진리다.

본문

§ 1. 이스라엘은 가데스 바네아의 38년 방황과 베데스다의 38년 된 중풍병자

시인은 프롤로그의 "마른버짐처럼 땅 팔레스티나"를 "이집트에서 시나이 반도와 가나안의 팔레스티나 아이들 모습이 합쳐진 이미지이며 유년 시절의 춘궁기의 모습도 떠올라 버짐 꽃의 이미지"라고 했다. 이 이미지는 "흙 갈라진 집 문에서 내다보면서/벌건 침울한 얼굴들이 비웃고 으르렁거릴 뿐"인 《황무지》 5부의 "하얀 길"을 상기시킨다.

비아 돌로로사 제1처소의 관문 역할을 하는 요한복음 5장의 유명한 "베데스다 연못"은 십자가의 길의 알파요 오메가 역할을 한다. 히브리어에서 집을 뜻하는 "바이트bayith"와 하나님의 한결같은 사랑을 뜻하는 히브리어의 "헤세드chesed"의 합성어인 베데스다 연못은 예수님이 "악하고 음란한 세대"라고 질타하신, 헤세드가 없는 그 당시 유대인들의 정신적 상황과 예수님의 헤세드를 증거한 십자가의 길을 제시하고 있다. 베데스다 연못의 38년 된 "혈기 마른" 중풍병자는 출애굽 시 애굽을 떠나 2년 만에 도착한 가데스 바네아Kadesh-barnea에서 가나안 땅 사해 건너편에 있는 세렛 시내에 도착하기까지 주위의 신 광야에서 38년간 방황한, 즉 개미 체바퀴 돌듯 맴돌았던 유대인들을 가리킨다(신 2:14). "가데스"는 "거룩한 곳", "바르"는 "들판", "네아"는 "방황"이란 뜻이다. "마른버짐처럼 땅"은 중풍으로 혈기가 "마른" 유대인들의 땅 팔레스티나를 가리킨다. 이슬람교도들인 팔레스타인 사람들 또한 주님의 은혜를 받아들이지 못한 유대인들처럼 혈기가 마른 환자들이다. 유대인들은 이집트를 떠나 2년 만에 거룩한 성지가 바로 눈앞에 바라다보이는 가데스에 당도한다. 모세가 가나안 땅에 보낸 12명의 정탐꾼 중 하나님을 전심으로 사랑하는 갈렙과 여호수아의 말을 듣지 않고 믿음 없는 거짓된 열 사람의 말만 듣고 하나님을 원망하며 이집트로 되돌아가자고 아우성친다. 이 배역한 무리를 다 죽이겠다고 하시는 하나님께 모세가 간구하여 살아나긴 했지만, 그들의 지조 없는 죄의 벌로 신 광야를 38년간 방황하는 고생길에 나서도록 하신다.

"방황"은 우주의 중심인 하나님을 전심 전령 전력으로 믿고 사랑하지 않아 정신의 중에 풍을 맞아 중심을 잃고 좌우로 흔들리는 중풍병자의 비틀거리는 걸음을 묘사한 말이다. 아브라함이 99세 때 여호와 하나님께서 나타나셔서 "내 얼굴을 보고 걸어가며 자세를 바로하라"*고 명령하셨다. 이 말씀은 자전거를

* "너는 내 앞에서 행하여 완전하라"(창 17:1). 새 번역은 "내 앞에서 행하여"를 "나에게 순종하며"로 번역했다. 히브리어 원문은 "내 앞에서 행하여"를 "[눈을] 내 얼굴로(p̄ā-nay) 향하고(lə) 걸으며"이다. "완전하라(tāmīm)"는 도덕적으로 "자세를 바로하고"라는 뜻이다.

탈 때 앞 중심을 쳐다보아야 좌우가 미세 조율되어 좌우로 비틀거리다가 넘어지지 않고 달릴 수 있는 것에 유추할 수 있다. 그러나 유대인들은 하나님을 전심전력으로 사랑하지 않고 주로 희생 제사를 비롯한 율법의 행위들과 같은 자력에 의지하여 걸어갔다. 믿음에 의한 은혜의 타력이 부족했던 것 같다. 베데스다 연못에 있는 건물의 다섯 기둥은 율법의 행위들을 상징한다고 한다. 하나님을 온 마음으로 사랑하는 것은 만유의 중심인 하나님께 집중하는 것이다. 유대인들이 율법의 행위들에만 집중한 것은 앞 중심을 쳐다보지 않고 자전거를 타는 것과 같다. 그러므로 그에 맞는 고행을 거친 뒤 38년간 황무지를 방황한 후 가나안 복지에 들어왔으나 하나님을 한결같이 사랑하는 헤세드가 부족했다. 그래서 유대인들은 38년간 하나님의 헤세드의 집에 머물면서도 믿음이 없어 그 사랑을 받아들이지 못해 병석에 누워 물을 움직이는 천사의 "표적만 바라는" 중풍병자처럼 "악하고 음란한 세대"가 되었다. 다시 영적으로 38년간 황무지를 방황하고 있었던 것이다. 이때 그 중풍병자는 예수님이 오셔서 베푸신 헤세드를 믿어 자리를 들고 일어선다. 십자가의 수난의 길, 비아 돌로로사는 하나님의 어린 양이 이 중풍병자와 같이 믿음[amen]이 없어 똑바로 서지[amen] 못하는(사 7:9) 유대인을 포함한 온 인류를 대신하여 "하나님 얼굴만 쳐다보고" 걸으신 믿음과 순명의 길이다. 이 베데스다 연못은 "양의 문" 가까이에 있다. 느헤미아가 성전을 복구할 때 유월절 어린양이 그 연못에서 목욕재계하고 제물로 바쳐지려고 통과하던 문이었다(느 3:1). 그 문은 여러 문들 중 첫 문이었다. 그러므로 이 헤세드의 변함없는 영원한 사랑의 연못은 비아 돌로로사로 들어가는 첫 관문이다.

§ 2. 잔인한 자비로서의 거룩한 전쟁의 진멸(헤렘)과 의로운 전쟁

한 날 예수가 던진 말이었습니다
칼을 품고 형제 앞에서는 웃음을
돌아서 더욱 칼을 가는 족속들이여
땅에 화평을 주려고 내가 온 줄 아느냐
형제 미워서 웃는 너희들에게 칼을 던지려
불 이빨 불 눈물 불춤을 던지려고 내가 왔노라

—〈프롤로그〉 부분

엘리엇은 흠정역 성서 영역을 명령한 제임스 1세 시대의 극작가 시릴 터너Cyril Tourneur의 《복수자의 비극》(1611)의 주제가 되는 죽음을 "신비적 경험"이라고 말했다.* 왜냐하면, 신과 합일하기 위한 신비의 길에서 가장 중요한 것은 내 뜻을 버리고 절대자의 뜻대로 하는 것이기 때문이다. 내 뜻을 버리는 것은 내

* *Selected Essays*(London, 1951, 1980), p. 190.

욕심으로 오염된 옛사람이 죽어 욕심이 낳은 죄를 정화하는 것이다. 엘리엇은 《네 개의 사중주》의 〈이스트 코커〉 4악장에서 이것을 "잔인한 자비sharp compassion"라고 했다. 엘리엇은 같은 시 〈리틀 기딩〉 4악장에서는 2차 대전 중 런던을 공습한 "비둘기"란 이름을 가진 나치 폭격기들이 투하하는 "갈라진 혀 모양의" 폭탄 불을 보고 죄를 정화하는 오순절 다락방에 내린 비둘기 성령 불의 "갈라진 혀"로 받아들였다. 잔인한 죽음의 불이 정화하는 자비의 불과 같은 것이었다. 만물제동이다. 《네 개의 사중주》는 "불과 장미는 하나다"로 끝맺는다. 고통의 지옥불이 정화하는 연옥불이 되어 천국의 사랑의 장미 모습으로 피어난다. 고통이 사랑이다. "잔인한 자비"다. 기쁨이 아니고 고통인 사랑의 이름은 "낯선 이름이다". 그러나 고통의 불 "셔츠를 짠 손 뒤에는" 사랑이 숨어 있다. 그리스도는 백만장자 아담이 물려준 이 세상이라는 병원에서 아담의 죄의 병을 수술하여 치료해 주는 외과의사다. 루터도 그런 생각을 했다고 한다. 그리스도의 "칼"은 옛사람에게는 잔인한 고통을 안겨 주지만 그의 잔인함은 병을 고쳐 새 사람으로 살리려는 자비심에서 나왔다. 〈작은 옛사람Gerontion〉에서는 그리스도가 봄에 "우리를 삼켜 먹으려고" 온 잔인한 호랑이로 등장한다. 〈동방박사의 여행〉에서는 별빛을 따라 베들레헴까지 와서 아기 예수를 본 동방박사들이 아기 예수의 "탄생은 우리의 죽음"임을 깨닫는다. 십자가에 달린 그리스도는 우리를 구원하려는 사랑으로 십자가에 달려 잔인한 고통을 당하셨기 때문이다.

사랑의 예수님은 "나는 평화를 주려고 온 것이 아니라 칼을 주려고 왔다"(마 10:34). 평화인 사랑이 아니라 잔인한 칼을 주려고 왔다는 충격 선언이다. 그러나 어머니의 "사랑의 매"라고 생각하면 이해가 된다. 예컨대 겨울에 영산홍을 아파트 베란다의 혹독한 추위에 내어놓는 주부의 마음속에는 봄에 꽃을 피게 하려는 사랑이 숨어 있다. 예수 그리스도는 기쁨의 자비가 아니라, 고통스러운 자비를 우리에게 던져 주려고 오셨다. 사랑의 알맹이를 감춘 잔인의 껍질은 태양신 바알 우상을 섬기던 가나안을 "진멸(헤렘)"시키라는 여호와의 잔인한 명령을 상기시킨다.

진멸을 뜻하는 히브리어 "헤렘cherem"은 하나님께 바치는 "지극히 거룩한(qodesh qadashim)" 희생 제물이었다(레 27:28). 그러므로 이 진멸 전쟁을 "거룩한 전쟁"이라고 한다. 거룩한(카도슈qadosh) 것은 깨끗한(토하르tohar) 것이다. 우상으로 더러워진 가나안 족속들의 죄를 깨끗하게 정화하는 "신비적 경험"이 잔인한 자비의 진멸이다. 그러나 이 잔인성의 이면에는 불변한 자비 헤세드라는 알맹이가 들어 있으므로 진멸하라고 한 명령 뒤에는 가나안 여인들과 혼인하지 말라는 말이 뒤따른다(신 7:2-3). 진멸했으면 가나안 족속이 모두 멸망했을 터인데 어떻게 결혼할 수 있겠는가. 실제로는 죄 없는 민간인은 죽이지 않았기 때문이다. 포도나무가 열매를 더 많이 맺게 하기 위해 죽은 가지를 전지하는 것과 같다. "전지하다"는 말은 헬라어로 "정화한다katharo"는 뜻이다(요 15:2). 가지를 치는 것은 나무 전체를 더 건강하게 하기 위해서다. 현재 선생의 "고른 말"을 빌리면, "고생苦生이 자비로운 고생高生"이다.

진멸하라는 명령에는 가지를 쳐서 깨끗하게 하라는 자비심이 담겨 있다. 그러나 가지만 치지 않고 포도나무 전체를 찍어 버리는 것은 자비가 없는 잔인성의 발로다. 일족 전체가 진멸당하면 그 족속이 회개할 주체가 없어지고 만다. 그러므로 사랑의 정화가 아니고 증오의 숙청으로 변할 것이다. 예수께서 예루살렘 성전 뜰에서 장사꾼과 환전상을 회초리로 치신 것도 겉으로는 잔인하게 보이지만 성전뿐만 아니라 그들의 마음을 깨끗하게 하려는 자비심이 숨어 있다. 그러나 하나님의 그런 뜻을 모르거나 어긴 이스라엘 왕 예후는 태양신 바알을 섬기던 아합 왕과 왕비 이세벨을 "진멸"하라는 여호와 하나님의 명 속에 자비가 들어 있는 것을 망각하고 그 왕족을 무자비하게 숙청한 죄로, 호세아 선지자가 이스라엘이 멸망하리라고 예언하고(호 1:4), 실제로 얼마 후에 시리아에게 멸망당했던 것이다.

이스라엘인들이 정치적 메시아로 숭배하는 다윗과 같은 임금도 잔인하게 피를 흘린 죄로 여호와 하나님께서 예루살렘 성전을 건축하지 못하게 하고 피를 흘리지 않은 솔로몬에게 넘기셨다. 디아스포라에서 젖과 꿀이 흐르는 약속의 땅으로 다시 돌아온 이스라엘인들과 팔레스타인인들 간의 자비가 없는 "거룩한 전쟁"은 호세아가 저주한 예후의 전철을 밟고 있는 것으로 보인다. 팔레스타인 재정착은 예후와 같은 세속적인 시온주의자들에 의해 주도되고 있기 때문이 아닐까 한다. 프롤로그 첫머리의 "떡집이라 부르는 베들레헴"은 집(바이트)과 빵(레헴)의 합성어다. 그러나 "레헴lechem"과 동근어인 "라함lacham"은 "전쟁"이란 뜻이다. 내가 남의 빵을 빼앗으려고 하는 전쟁이다. 그와는 정반대로 예수님의 상처 난 몸과 잔인한 고난의 화덕에서 구운 몸의 빵은 우리를 먹여 살리시는 하나님과 인간을 화해시킨 평화의 빵이다.

다음에는 하나님이 명하신 하나님의 전쟁이었던 "거룩한 전쟁"과 다른 "의로운 전쟁"에 대해 살펴보자. 예수께서는 "악한 자에게 맞서지 말고, 오른쪽 뺨을 때리거든 왼쪽 뺨마저 내주라"(마 5:39)고 말씀하셨다. 의로운 전쟁의 옹호론에 따르면, 이 말씀은 이 죄 많은 지상 왕국이 아니라 재림하신 후의 새 하늘과 새 땅에 건설된 하나님의 나라에서 실현될 수 있는 종말론으로 궁극적 도덕률이라고 해석한다. 새 하늘과 새 땅에서는 "칼을 쳐서 보습을 만들고 창을 쳐서 낫을 만들 것이다"(사 2:4). 전쟁이 없는 평화의 세상은 제1처소에서 시인이 말한 "칼에 대해 반드시 칼을 던져 답을 해야만 했던 때/칼날을 두드려 보습이라 외쳤던 사람의 아들 예수"가 이룩할 영원한 생명의 하늘나라에서나 실현될 소망으로 본다. 그때까지는 "의로운 전쟁 또는 정당한 전쟁just war"이 불가피하다는 것이 가톨릭의 성 아우구스티누스와 토마스 아퀴나스, 그리고 개신교의 루터와 칼뱅의 성서 해석이다. 가톨릭교회 교리서에서도 "개인이나 집단의 정당방위는, 고의적인 살인죄가 성립되는 무죄한 사람의 살인을 금지하는 데 대한 예외가 아니다"(2263)라고 규정하고 있다. 정당한 전쟁은 적이 자국민을 살인하지 못하도록 방위하므로 "살인하지 말라"는 제6계명을 준수하는 정당한 방법이다. 생명을 보존하려는 "의도"로 불가피하게 공격자의 생명을 빼앗는 "비의도적" 전쟁은 정당하다는 것이다. 하나님의 전쟁인 "거룩한 전쟁holy war"은 사람이 치르는 의로운 전쟁이지만, 그렇다고 해서 의로운 전쟁이 반드시 거룩한 전쟁은 아니다.

유엔은 의로운 전쟁을 실현시키는 도구다. 위의 기독교 지도자들에 따르면, 예수님과 바울은 반전 평화주의자pacifist가 아니다. 그 근거로 다음 성경 구절들을 든다. 왼쪽 뺨까지 돌려 대라고 하셨지만 대제사장과 대화 시, 자신을 때리는 경비병에게 예수님은 "내가 한 말에 잘못이 있으면, 잘못되었다는 증거를 대시오. 그러나 내가 한 말이 옳다면, 어찌하여 나를 때리시오?"(요 18:23)라고 "맞서셨다". 예수님은 예루살렘 성전에서 회초리를 들어 "깨끗게 하셨다". 그리고 신약에서 전쟁을 묵인했다는 간접증거로 예수님께서 빌라도에게, "나의 나라가 세상에 속한 것이라면, 나의 부하들이 싸워서, 나를 유대 사람들의 손에 넘어가지 않게 하였을 것이오"(요 18:36)라고 하신 말씀과 더불어 세례 요한이 세례 받으러 온 군인에게 "강탈하지 말며 거짓으로 고발하지 말고 받는 급료를 족한 줄로 알라"(눅 3:14)고만 타이르고 군 복무 자체를 부정하지 않은 구절을 의로운 전쟁의 예로 들고 있다. 이보다 더욱 확실한 것은 사도 바울의 말이다. 그는 정의의 “칼을 찬” 모든 권세는 하나님으로부터 온 것이며, 권력자는 하나님의 종으로서 선을 포상하고 악을 징벌한다고 했다. 국가에 조세를 바치거나 군 복무를 하는 것은 “모든 자에게 줄 것을 주는” 정의를 실현하는 것으로 보았다(롬 13:1-7). 그리스·로마의 철학에서는 “각자에게 그의 것을 돌려주는 것(suum cuique tribuere)”을 정의로 보았다. 하나님 나라와 이 세상 나라, 즉 두 왕국에 대해 예수님이 다음과 같이 말씀하신 것은 이러한 정의의 뜻과 일치하는 것으로 해석할 수 있다: “가이사의 것은 가이사에게 돌려주고, 하나님의 것은 하나님께 돌려드리라”(마 22:21). 유대인들이 외적인 정치 면에서 로마인들에게 복종한다고 해서 “하나님의 권위를 위반하는 것은 아니라고 그리스도께서 선언하신 것”(칼뱅)이다. 이상과 같이 거룩한 전쟁은 우상 숭배하는 자는 진멸하라는 계명에 바탕을 두고 있다. “여호와 외에 다른 신에게 희생을 드리는 자는 진멸할지니라.”(출 22:20)

불춤을 추고 추어야 한다는 사람들에 끼어
십계명 1조 목울대 침 튀겨 가르쳤던 늙은 목자들
빈궁한 자 눌린 자들 편이라는 검은 제복 사제들과
시신 김 부자 앞에서 굵은 목덜미 남한 종교지도자들
한 줄 뒤져 일렬 종횡으로 그들 모습들은 어떠했을까

—〈제7처소〉 부분

태양신인 김일성 부자에게 절하는 가톨릭 검은 제복 사제들과 "목이 곧은" 굵은 목덜미 개신교 지도자들은 바알 우상에게 절한 850명의 이스라엘 사제들(사 34)의 후예들이다. 그들은 가나안 족속들이 아니었지만 여호와 하나님은 이 우상숭배자들을 진멸하라고 명령하셨던 것이다. 우상 숭배는 우주의 중심인 하나님께 집중하지 않고 좌나 우로 한눈을 파는 것이다. 좌나 우로 달리는 내 뜻과 욕망은 시始와 종終에 간격이 있어 하나로 통일되지 않은 차별상이다. 앞만 올려다보아야 직선이 미분되어 원융무애한 원이 된다. 원은 과거에서 미래로 달리는 욕망의 지옥철로 직선(크로노스Chronos)이 원 중심인 하나님의 은혜로 원주(카이로스Kaïros)로 차원 상승한 영원이다. 진멸은 좌우로 한눈을 파는 우상 숭배자를 미분하여 하나님께 집중하게 하고 경외하게 하고 "주일무적主一無適"하게 하는, "우리를 삼켜 먹는 호랑이 그리스도"의 "잔인한 자비sharp compassion"다.

§ 3. 죽어 산 예수: 수평적 통일이 아니라 수직적 귀일과 믿음

돌아보니, 죽어 산 예수와 나의 만남은
중학 시절 언덕 위 종탑과 작은 예배당

비가 그친 하늘엔 더러 무지개를 둘렀고
실루엣처럼 땅에는 아지랑이가 일렁거렸습니다
풍금소리가 파도를 재웠던 작은 예배당 그 시절
물 먹은 밤하늘 은하 길은 하나님의 편지였습니다

믿음은 바라는 것들의 실상이요
보지 못한 것들의, 안쓰러움과 에둘러 불확실로 증거
검은 예복 위 하얀 방울 침들 안간힘 증거함이었습니다

—〈제1처소〉 부분

"죽어 산 예수"는 다석 선생이 52세에 세례를 받을 때 지은 시, 〈뉘게로 가오리까〉에 나오는 말로서, 불교, 유교, 도교와 기독교를 구별하는 말이다. 현재 김홍호 선생은 필자와의 대화에서 "시원타, 죽어 산 길에, 그 사랑을 펴셨네"의 "죽어 산 길"이 통일 사상과 다른 다석의 "귀일歸一" 사상이라고 했다. "살아서 사는 게 아니라 죽어서 사는 거다. 석가니 노자니 공자니 다 살아서 산 사람들이다. 공자가 부활했다, 노자가 부활했다는 것도 없다."(2008년 6월 30일 대화에서) 통일은 헤겔의 변증법처럼 시공간에서의 수평적 반대의 일치이고, 귀일은 하늘에 계신 하나님 아버지께 돌아가는 것이므로 시공간을 초월한 수직적 반대의 일치이다. 키르케고르와 바르트의 역설적 변증법에 해당한다. 시인의 12처소의 "목숨 끊어 빛, 힘, 숨 언덕의 골고다가/연기가 오르듯 푸른 숨길 하늘가는 길"은 이러한 귀일 사상을 알맞게 표현하고 있다. "빛, 힘, 숨"은 현재 선생이 예수님께서 "나는 길이요, 진리요, 생명"이라고 하신 말씀 중에서 진리를 빛, 길을 힘, 생명을 숨으로 형상화한 것이다.

수난dolor의 죽음으로 사랑의 장미rosa 길을 걸어 죽어 사랑-생명의 영체로 살아나시고, 우리도 죽어 살게 하신 천부의 명령에 "예스"만 하시고 "노"를 하지 않으시고(고후 1:19), 십자가에서 죽기까지 순종하신(빌 2:8) "대 효자"(다석의 말) "예수와의 만남"은 성경에 증언된 특별계시이고, 이 만남을 통해 자연에 계시된 "보이지 않는 하나님의 영원한 능력과 신성이 이해되게 분명히 보인 피조물은 태초에 말씀으로 세상을 창조하신 하나님의 아들이 보이는 육체로 육화된 "시poiema"(롬 1:20)로 보였다. 그러나 육화된 하나님 아들이 창조하신 피조물들인 시들poiemata과는 질적으로 다른 것이다.

보이지 않는 것들을 보이는 자연으로 육화하여 보이게 하신 자연의 시를 통한 자연계시인 "존재의 유추"와, 하나님의 아들 자신이 육화하셔서 눈에 보이게 진리를 증거하신 특별계시인 "믿음의 유추"로 보이지 않는 것의 실상인 하나님의 증거를 볼 수 있게 하는 것이다. 믿으면 정신이 집중되어 균형을 이루어 굳게 설 수 있고 마음이 청결하게 되어 하나님을 볼 수 있게 된다. 믿음은 자기를 비우고ekenōsen 낮추어 하나님께 순명한 겸허한 그리스도를 모방하는 길이다. "너희가 믿게 되지 않으면 굳게 서지지 못한다"는 이사야 7장 9절의 말씀을 《70인역 성서》는 "이해되지 않는다"로 번역했는데 이것을 성 아우구스티누스가 받아들였다. 믿음의 몰두는 하늘로 붕 떠올라 시간의 간격을 0으로 축소시켜 영원으로 귀일하게 한다. 서문에서 장자의 만물제동의 도추는 이러한 믿음의 유추다. 그러나 성경은 범신론적인 노장철학과는 다르다.

§ 4. 원죄는 3대 욕망(뜻), 구원은 이 욕망을 비우는 십자가

팔레스티나 동풍 오월 사람들 저잣거리
조국은 가정의 날 오월, 밥 먹는 문제 두고 재신임
서울시장의 선거, 선거는 아이들에게 무조건 밥이다
차츰 밥 먹는 법으로 확대입니다

—〈제4처소〉 부분

예수가 내 집은 기도하고 기도해야만 하는 집
신자임을 빙자, 종교 밑천 거간들과
한통속 장사치들 내몰았던 솔로몬 성전

—〈제7처소〉 부분

비아 돌로로사 제7처소까지는 무슬림 지역이다. 무슬림들도 유월절에 예루살렘 성전에서 물건을 팔고 돈으로 바꾸는 유대인들과 같다. 무슬림들은 육신의 빵보다 하늘에서 내려오는 양식인 하나님의 뜻에 순종하여 십자가를 지고 가신 비아 돌로로사를 장사하는 길로 만들었다(요 2:16).

예수님께서 십자가를 지시기 전야 겟세마네 동산에서 세 번 기도하신 말씀, "아버지의 뜻이 이루어지이다"란 헬라어는 주기도문의 "[당신의] 뜻이 [하늘에서 이루어진 것같이 땅에서도] 이루어지이다" 즉 "게네세도 토 쎌레마 쑤Genēthēto to thélēmá sou"란 말과 똑같다. 이것은 내 뜻대로 하지 않고 하나님 뜻에 순종하게 해달라는 기도다. 순종은 하나님 말씀에 귀 기울이는 청종*hupakoē*이다. "첫 아담"이 천명에 순종하지 않고 사탄의 유혹에 빠져 제 뜻을 따른 것이 원죄다. 죄를 뜻하는 헬라어 "하마르티아hamartia"와 히브리어 "하아타chātā"는 똑같이 궁수가 과녁의 중심인 정곡에 집중하지 않고 좌나 우로 한눈팔아 화살이 정곡을 맞히지 못하고 "헛친다(虛打)"는 뜻이다. 죄는 《중용》의 실정곡失正鵠이다. 《중용》에서는 정곡을 맞힌 중용의 인을 군자, 실정곡한 비중용의 인을 소인이라 부른다. 엘리엇은 실정곡한 인간을 "작은 옛사람 Gerontion, a little old man"이라 불렀다. 직역하면 "소노인"이지만 옛사람은 《황무지》의 시빌처럼 생명의 원천이 "하나님의 뜻(Sybil의 어원)"을 따르지 않아 영적 생명력이 늙어 쪼그라져 소노인이 된 사람이다. 우리말에서는 "뜻"이 좋은 의미로 쓰이지만 서양에서 뜻은 "욕망"과 동의어다. 영어의 "will"과 헬라어의

"thelema"에는 의지와 욕망이라는 두 가지 의미가 있다. 하나님께서 인간에게 주신 자유의지가 하나님의 뜻을 따르지 않고 자기 뜻을 따르는 불순종으로 욕망으로 타락한 것이다.

에덴동산에서 추방당한 이유가 고등 지능을 지닌 사기꾼인 사탄의 유혹에 넘어가 "먹음직하고 보암직하고 지혜롭게 할 만큼 탐스러운"(창 3:6) 선악과를 따먹은 데 있다. 이 3대 욕망은 "육체의 정욕과 안목의 정욕과 이생의 자랑"(요일 2:16)에 해당한다. 또한 이 3대 욕망은 40일간 광야 금식 기도 중 예수께서 사탄에게 받으신 3대 시험이다. 육체의 정욕은 돌로 떡을 만들라는 시험이고, 안목의 정욕은 성전 꼭대기에서 뛰어내리라는 시험이며, 이생의 자랑은 사탄에게 절하면 온 천하의 왕국과 그 영광을 주겠다는 최종 최대의 시험이다. 이 시험은 하와의 마지막 시험에 해당한다. 지혜롭게 해 줌직한 과일은 권세를 줌직한 과일이다. 왜냐하면 아는 것이 힘이기 때문이다. 인간이 전지전능한 신이 되고 싶은 것이 사탄의 시험 중 가장 피하기 어려운 유혹이다. 골고다 산상에서 십자가를 지시기 전야에 겟세마네 동산에서도 사탄으로부터 다시 세 번 시험을 받으신다. "예수께서는 조금 더 나아가서, 얼굴을 땅에 대고 엎드려서 기도하셨다. '나의 아버지, 하실 수만 있으시면, 이 잔을 내게서 지나가게 해 주십시오. 그러나 내 뜻대로 하지 마시고, 아버지의 뜻대로 해 주십시오.'(마 26:39)라는 기도에서 **"하실 수만 있으시면"**이란 말은 사탄의 시험이라는 해석이 있다. 42절에서 "내가 마시지 않고

서는 이 잔이 내게서 지나갈 수 없는 것이면"이라는 말씀도 39절과 비슷한 시험이다. 44절에서 "같은 말씀으로" 세 번째 기도하셨다. 예수님은 공생애 시작과 마지막에 똑같은 시험을 당하셨다. "우리를 시험에 빠지지 말게 하옵시고 악에서 구하여 주옵소서"란 주기도문을 보면 아마도 이 3대 시험은 그의 평생을 따라다녔을지도 모른다. "완전히 사람이지만 동시에 완전히 하나님"(칼케돈 정의)이신 예수 그리스도께서 그러셨다면 완전히 사람인 우리 인간은 말해서 무엇하랴. "두 번째 아담"인 예수 그리스도께서 "첫 번째 아담"의 죄에서 인류를 해방시키신 방법은 하나님의 뜻에 순종하지 않고 제 뜻(욕심)대로 하라는 사탄의 유혹에 넘어간 첫 번째 아담의 전철을 밟지 않고, "뜻이 하늘에서 이루어진 것같이 땅에서도 이루어지기"를 매일 기도하며 아버지의 뜻에 순종한 데 있었다.

사탄의 3대 시험의 핵심은 부귀를 누리고 싶은 욕망이다. 떡은 '부', 왕국과 그 영화는 '귀'다. 이 둘의 공통점은 남보다 잘나고 싶은 욕망이다. 남보다 더 찬란히 빛나는 별이 되고 싶은 것이 욕망의 본질이다. 영어 "desire"는 별[sire, sidus]이 되고 싶은(de=want) 욕망이다. 내가 태양과 같은 항성이 되고 싶은 외람된 욕망이다. 촛불이 타면서 화염은 위로 치솟고 촛물은 아래로 흐르는 다석의 "염상누수" 즉 화승수강이다. 첫 아담의 선악과에 대한 욕망도 빛인 하나님처럼 전지전능하게 빛나고 싶은 욕망이었다. 마르크스는 무산계급 독재 과도기가 끝나고 공산주의 이상 사회가 오면 "필요한" 만큼만 돈을 번다고 했지만 그것은 남보다 더 많은 돈을 벌어 떵떵거리고 살고 싶은 욕망의 본질을 모르고 한 말이다. 그것은 내 뜻(욕망)을 오순절 성령의 불로 정화한 초대 기독교 원시 공동체에서만 가능한 일이었다(행 2:45). 그러나 경제(돈)에 대한 욕망에 사로잡힌 공산주의자들은 화승수강하게 하는 욕망으로 중심을 잃어 중풍병자처럼 휘청거리다가 저절로 넘어지고 말았다. 사람은 "제 잘난 맛에 산다". 이러한 인생관은 이 삶의 맛이 삶의 맛을 가게 한다는 아이러니에 취약하다. 살맛나게 살려고 돈도 처먹고, 높은 자리도 처먹는다. 동서양의 수양법에서 단식 또는 금식을 권장하는 이유가 바로 여기에 있는 듯하다. 몸을 굶는 신재身齋와 마음을 굶는 심재心齋를 병행한다. 에스더에서처럼 국가 위기를 당했을 때 금식하는 것은 모든 죄의 원천인 하와와 아담의 뜻(욕심)을 비우고 하나님의 뜻에 순종하여 죄를 정화 또는 성화하는 방법이기 때문일 것이라는 생각이 든다. 다석 스승이 지어 준 김흥호 교수의 호, 솥귀(제기) 현과 재계 재로 이루어진 현재鉉齋도 전심 전령 전력으로 하나님께 제사(예배)드려 마음을 굶어 비우라는 뜻이다. 내 뜻을 비우고 마음을 굶을 때 과거에서 미래로 달리는 "목이 곧은" 내 욕망의 직선 지옥철로가 미분되어 만물제동의 원형이 된다.

§ 5. 신음은 잔인한 자비의 신음

아물거리는 기도, 프란체스코는 쓰러졌습니다
얼마쯤일까 쓰러졌던 프란체스코가 일어나니
두 손과 발등 옆구리에서 통증이 일었습니다
신음이 잦아든 새벽 프란체스코의 몸에
분명 그것은 신이神異면서 신음神音이었습니다
꿈결이듯 신음呻吟과 신음神音이 스쳐간 상처 터
작은 동네 아씨씨 형제들에 둘러싸여 프란체스코
옆구리와 양쪽 손발에서 붉은 피가 흘러나왔습니다

—〈제5처소〉 부분

나의 하나님, 나의 하나님
어찌하여 나를 버리셨습니까 (말씀 4, 마 27:46)
Eli Eli Lama Sabachthani

—〈제12처소〉 부분

필자가 《황무지》를 소개한 졸고*에서 사용한 표현으로 "신음呻吟이 신음神音"은 마태복음 5장 4절의 "애통하는 자는 복이 있

* 이명섭, 〈황무지에 장미꽃이 피기까지는: 엘리엇의 《황무지》〉, 《서양의 고전을 읽는다 3》(휴머니스트, 2006), 213쪽 이하.

나니 저희가 위로를 받을 것이요"를 풀어 본 것이다. "위로를 받을 것이요"는 헬라어로 "파라클레세손타이paraklēthēsontai"로서 위로자(파라클레토스paráklētos) 성령이 애통하는 소리에 애통하는 자 "옆으로"(파라) 불려 올 것이다(클레세손타이)라는 뜻이다. 버드워처들에 따르면, 새들은 자기 소리가 들리는 곳 가까이로 날아온다고 한다. 성령의 상징인 비둘기는 신음 소리를 내므로(사 59:11, 나 2:7) 애통하는 자가 신음 소리를 내면 옆으로 불려 와 위로할 것이다. 십자가에 달리신 예수 그리스도의 신음 소리는 고통에 신음하는 죄인들에게 다가와 그들과 똑같은 모습으로 신음하는 모습이다. 성 프란체스코가 예수님처럼 십자가를 지고 가시다가 쓰러지신 것은 수난의 인생길을 걸어가다 쓰러져 상처 입은 우리들의 고통을 같이해 주시는 것으로 해석한 것이다. 고통을 같이해 준다는 뜻을 가진 영어의 "sympathy"는 "동정"으로 번역되지만 어원의 뜻은 같이 아파하는 "동통"이다. 동일한 의미를 가진 불교의 자비의 "비"의 범어 "카루나karuṇā"는 같이 울어주는 슬픔의 눈물(돌로로사)이다.

기도를 많이 하는 어느 부인이 어느 날 저녁 명상 기도하고 있다가 더 이상 슬플 수 없을 만큼 슬퍼 어찌할 바를 몰라 아기처럼 통곡하고 있었다. 이때에 비몽사몽간에 예수님이 나타나셔서 울고 계시는 모습이 어렴풋이 보였다. 자기와 똑같은 마음으로 울고 계시다는 것이 느껴지며 이런 생각이 들었다: "아, 웃긴다. 왜 예수님이 나랑 똑같이 울지?" 이런 생각과 동시에

홀연 슬픔이 사라지고, 힘이 생기고, 희망의 빛이 보였다. 모든 세상의 느낌들이 더 넓게 와서 닿았다. 하나님의 숨결이 더 넓어지는 것을 느꼈다고 한다. "엘리, 엘리, 라마 사박다니?"도 한계 상황에서 무심한 하늘을 쳐다보며, "하나님, 하나님, 어찌하여 나를 버리십니까?"라고 부르짖는 인간의 고통을 예수님이 같이 느끼신 것이 아닐까. 그것이 바로 신음呻吟–신음神音이 아닐까. 프란체스코의 신음과 고통도 이와 같은 것으로 보인다. 예수님의 신음은 프란체스코를 위로해 주는 신음뿐만 아니라 월남하신 할아버지의 디아스포라 손자인 시인과 가족들의 신음 소리를 듣고 곁으로 달려와 같이 신음해 주시는 위로자 보혜사 비둘기 성령의 신음이기도 한다.

예수님의 십자가는 낯선 하나님의 "잔인한 자비sharp compassion"(엘리엇) 또는 "뼈아픈 자애severe mercy"(C. S. 루이스)의 표현이다. 십자가는 잔인스럽게 보이지만 자비로운 부활의 봄이다. 차륜을 앞에서 보면 아래로 굴러 내려가지만 뒤에서 보면 위로 굴러 올라간다. 내려가는 길과 올라가는 길은 동일하다. 십자가 지도리를 지고 도는 도추가 그리는 원 안에서는 모순이 하나의 역설로 귀일한다. 십자가는 만물제동의 원천이다. 예수님이 십자가를 지고 가시다가 쓰러지셨을 때 하얀 손수건으로 땀을 닦아 드린 베로니카가 등장하는 것으로 보아 시인은 사랑하던 사위 사이몬의 요절을 이러한 십자가의 죽음을 따른 것으로 생각하고 있다: "구파발 성당 여인들의 면사포/하얀 면사포는 예수의 피땀 찍었던 여인 베로니카/베로니카의 그때 하얀 손수건” (〈제12처소〉).

이 시 구절은 “엘리 엘리 라마 사박다니!” 인간을 대신해서 죽으신 예수님이 인간으로 마지막 순간의 버림받은 심정을 공감케 한 절규이다. 하나님으로부터 버림받아 “버려지는 곳”은 시간, 공간, 인간의 “간間”으로 틈이 벌어진 3차원의 상대세계이다. 여기에서 버림받아야 할 틈이 없는 “반대의 일치”의 세계, “틈과 틈 사이와 사이를 무한 미분”하고 나의 뜻을 무한 미분하여 너와 나 사이에 간격이 있는 차원을 떠난 사捨차원 하늘나라로 올라간다고 한다. 시인이 주해자들의 난제인 “라마 사박다니”를 시 전체의 맥락에 맞게 잘 풀었다.

> 나의 하나님, 나의 하나님
> 어찌하여 나를 버리셨습니까(말씀 4, 마 27:46)
> Eli Eli Lama Sabachthani

> 내가 너를 버리고
> 너에게 내가 버려지는 곳은
> 시간, 공간, 인간과 인간의 3차원
> 간間과 틈, 틈과 간의 3차원 상대 세계입니다
> 그러나, 너와 나의 틈과 틈, 아니 나와 나 사이
> 틈과 틈 사이와 사이를 무한 미분無限微分 나를 잘라 가면

나의 너, 너의 내가 없는 사차원捨次元 세계가 열립니다

—〈제12처소〉 부분

§ 6 만물제동의 사차원: 납작 땅, 특수상대성, 양자 중첩, 현자의 돌, 미분.

십자가에 달려 죽어 산 죽살이 사람의 아들

예수가 사차원四次元 안테나랄까

땅속까지 금속 피뢰침이라 할까

맹목 성소의 휘장이 찢긴 14처소는

죽어서 반듯이 살았던 하나님 아들 예수

우리 말글 꼭대기랄까, 빈탕 한데라 할까

'올맞이'랄까, '오! 늘' 처소였습니다

—〈제14처소〉 부분

(1) **납작 땅:** 납작 땅은 영국의 교사이며 신학자이며 셰익스피어 문법 학자였던 애벗Edwin A. Abbott이 학생들에게 차원을 이해시키기 위해 1884년에 썼던 중편소설, 《납작 땅: 다차원의 로맨스 Flatland: A Romance of Many Dimensions》를 가리킨다. 납작 땅Flatland은 1차원 직선에 수직 방향으로 세로를 더하여 가로와 세로로 이루어진 평면 2차원 땅이다. 3차원은 2차원에 수직 방향으로 높이

를 더한 3차원 입체다. 어느 날 3차원 주민이 2차원 납작 땅을 방문한다. 납작 땅 주민들은 3차원 주민의 2차원 단면만 볼 수 있다. 멀리서 보면 발바닥 단면만 보이다가 가까이 오면 점점 위쪽 단면들이 하나씩 차례로 보인다. 3차원 주민은 2차원 주민의 집 안을 엑스레이로 들여다보듯 훤히 들여다본다. 들여다볼 뿐만 아니라 마치 투명 인간처럼 집 속으로도 장애 없이 무사통과할 수 있고, 금고 안에서 돈을 꺼낼 수도 있다. 왜냐하면 3차원은 2차원의 주민들에게는 2차원 단면들로 막혀 있는 듯이 보이지만 3차원 입체는 간격이 없이 하나로 뚫려 있기 때문이다. 2차원 납작 땅 집은 위로 뚫린 3차원 밑바닥의 한 단면에 불과하므로 양자가 양자 터널을 통과하듯 장애물 없이 무사통과할 수 있다. 칼 세이건과 같은 4차원 물리학자들은 보이는 3차원과 보이지 않아 "시각화할 수 없고 다만 생각만 할 수 있는" 4차원을 설명하는 데 애벗의 납작 땅을 유추로 사용하고 있다. 리만Riemann의 4차원 수학도 같은 원리다. 한 차원 높은 데 있는 사람은 그 아래 차원 속으로 투명 인간처럼 아무런 장애도 없이 출입한다. 사사무애다. 사차원에 있는 사람은 3차원 고무풍선 안에 든 옥수수튀김을 그 풍선을 찢지 않고 꺼낼 수 있다.* 3차원은 4차원의 일부로서 둘을 막는 간격이 없다. 간격은 공간이므로 4차원에는 3차원들 간의 공간들이 하나로 통일되어 있다.

* 정완상, 《리만이 들려 주는 4차원 기하학 이야기》(자음과모음, 2010).

그러므로 4차원 존재는 3차원 집의 지붕이나 벽을 뚫지 않고도 자유자재로 출입할 수 있다. 신약 성경에서는 부활하신 예수님이 그날, 곧 주간의 첫날 저녁에, 제자들이 유대 사람들이 무서워서, 문을 모두 닫아걸고 있을 때, 예수께서 그들 가운데로 들어서신 사건(요 20:19)과 배드로가 감옥에 갇혀 두 쇠사슬에 묶여, 군인 두 사람 틈에서 잠들어 있을 때 갑자기 주님의 천사가 나타나 "빨리 일어서라" 하자 쇠사슬이 그의 두 손목에서 풀리고, 시내로 통하는 철문이 저절로 열린(행 12:1-10) 초자연적인 기적들이 이와 유사하다.

(2) 시공간 4차원: 아인슈타인의 특수상대성원리의 세계는 시간 1차원과 공간 3차원의 연속체로서의 4차원이다. 타임머신이 광속에 점점 접근하면 달리는 방향의 공간의 "길이가 수축"되고 시간이 흐르는 속도도 수축되어 시곗바늘이 천천히 가는 "시간 지연" 현상이 생긴다. 비행체가 광속에 도달하면 공간의 길이와 시간 속도가 0이 되어 공간과 시간의 "간격"이 사라진다. 볼록 렌즈의 초점에 모인 빛처럼 간격들이 하나의 점이 되는 것에 비유할 수 있다. 점은 위치는 있으나 크기는 없으므로 시공의 간격이 사라지고 시공도 사라진 영원이 된다.*

* 이명섭, 〈오든과 엘리엇의 흐르면서 흐르지 않는 시간: 동양사상과 특수상대성원리의 시각〉, 《21세기 T.S. 엘리엇》(공저)(한국 T.S. 엘리엇 학회, 2014).

(3) 양자역학의 수직적 중첩(포갬)superposition: 양자역학에서 입자들이 파동이 될 때 수직으로 포개어지는 수직적 중첩 즉 포갬 현상이 일어난다. 간격이 있던 입자들이 포개어지면 간격이 사라진다. 시공간 4차원에서 광속으로 달리는 타임머신 안에서는 시간과 공간의 간격이 포개어져 간격이 사라지는 것에 유추할 수 있다. 양자 터널 통과 현상은 양자의 길을 막고 있는 산이나 벽 같은 간격 양편에 있는 양자의 파동이 하나로 포개어 있기 때문에 간격이 없이 통과한다고 해석할 수 있다. 슈뢰딩거의 "고양이 사고 실험"에서는 고양이가 죽고 사는 두 가지 상태가 중첩되어 있다. 이 중첩 상태는 예수 그리스도의 십자가와 부활의 비유 또는 유추로 사용될 수 있다. 예수께서 십자가를 지는 것을 영광을 받는 것이라고 하신 것은 치욕의 십자가 자체가 바로 영광의 부활과 포개어져 있음을 말씀하신 것으로 해석할 수 있다.

(4) 영원: 보에티우스Boethius가 《철학의 위안》에서 내린 정의에 따르면, 영원은 간격이 있는 과거 시간과 현재 시간과 미래 시간들을 "동시적으로 전체를 소유(지각)하는 것(tota simul possessio)"(5:6)이다. 성 아우구스티누스는 높은 산정에 올라가서 아래를 내려다볼 때 밑에서 안 보이던 동서남북의 마을들이 한눈에 볼 수 있는 것을 영원에 비유했다. 산 정상의 공간을 시간으로 보면, 과거, 현재, 미래의 시간을 간격 없이 동시적으

로 전체를 지각할 수 있는 정점이 영원이다. 이 경우에도 시간의 간격인 "간"들이 하나로 모여 간격이 사라진 상태가 영원이다. 영원을 영원한 현재라 하는 것은 이 영원의 정점이 "흐르는 현재nunc fluens" 시간이 아니라 과거와 미래 시간이 한 정점에 모여 광속으로 달리는 타임머신 내의 시간처럼 시간의 흐르는 속도가 공간의 크기가 없어 흐를 수 없는 0으로 축소되어 시간이 "정지된 현재nunc stans"이기 때문이다. 그래서 영원한 현재 또는 영원한 오늘Eternal Now이라 부른다. 삼매 집중 상태에 있는 사람이 경험하는 현재다. 이 현재 속에는 과거와 미래가 한 정점에 모여 있다. 그래서 엘리엇은 "과거와 미래가 모인" 이 영원을 "정점still point"이라 불렀다(〈번트 노턴〉 2악장). 다석 유영모 선생은 정점에 이르는 집중을 "가온찌기"라 불렀다.

(5) 오! 늘, 빈탕 한데, 꼭대기: "오! 늘"은 영원한 오늘을 다석의 수제자인 현재 김흥호 선생이 고른 말(수사입기성)이다. "당신의 오늘은 영원입니다(hodienus tuus aeternitas)"라고 말한 성 아우구스티누스의 《고백록》 11장 표현에서 "영원한 오늘"이란 말이 유행한 것으로 보인다. "빈탕 한데"는 다석 선생이 고른 말이다. 영원한 현재는 시간의 흐름이 멈추어 0으로 축소된 정점이므로 "빈탕"이고 하나의 큰 데로 모인 곳이므로 "한데"다. 0은 없어 가장 작은 듯하나 모든 것을 품은 씨알이므로 큰 "한"이다. "꼭대기"도 다석 선생이 고른 수사다. 영원은 앞에서 말한 바와 같이 성 아우구스티누스가 산 정상에서 본 경험이다. 토

마스 아퀴나스는《대이교도대전》(I.66)에서 영원을 원 중심으로 보았다. 고무막의 기하학인 위상기하학에서 원형의 디스크 중심을 집게로 들어 올리면 삼각뿔의 정점이 된다. 이 정점은 원 중심과 위상동형이다. "꼭대기"는 이 삼각뿔의 꼭짓점(정점)이다. 《다석 일기》에는 사람은 이 꼭대기에 머리를 꼭 대야 한다고 하는 말이 여러 번 나온다. 이 꼭짓점에 꼭 대는 집중행위가 "가온찌기"다. 꼭대기는 꼭짓점과 꼭 대는 행위 즉 가온 점과 가온찌기를 모두 가리키는 말인 것으로 보인다. 성서의 하늘나라, 즉 예수님의 부활은 시공간의 간이 모여 수직으로 중첩된 4차원의 유추다. 기하학적 4차원이나 시공의 4차원도 모두 하나님께서 창조하신 자연 속에 나타난 보이지 않는 창조주의 "영원한 능력과 신성"(롬 1:20)이므로 그 자체가 천국은 아닐 것이다. 그것들은 하나님의 속성들이 자연을 통해 나타난 자연계시에 불과할 것이다. 그러므로 천국과 비슷하면서도 다른 것이 더 많은 비유가 "존재의 유추 analogia entis"다. 그래서 필자는 4차원이라는 말을, 사차원을 떠난 영零(0)차원이라는 의미로 사捨(버릴)차원, 영인 하나님의 차원이라는 의미로 영靈차원이라 부른다.

예수의 땅 위 공생애 3년 하루 하룻날은
머리를 두고 눌 곳이 없었던 별빛 베개와
하루살이의 투명 창자처럼 진공眞空이었고
'올'과 '오! 늘' 묘유妙有 3년이었습니다

—〈프롤로그〉 부분

자기를 비우고ekenōsen 낮추어 십자가에 죽기까지 천부의 뜻에 순종하신 겸허하고 마음이 가난한 지상의 삶이 그 어디나 천국(빌 2:7-8, 마 5:3)이었던 묘유의 삶이었다. 위에서 그리스도가 자기를 비우는 "진공kenōsis"은 신즉나(자연)인 내 뜻을 비우는 불교의 진공shūnyatā과 달리 피조물인 내 뜻을 비우고 나의 창조주인 하나님의 뜻을 따르는 것이다. 다석 선생의 "빈탕 한데"도 빌립보서의 "자기 비움"과 같다. "들어가는 말"에서 언급한 바와 같이, 다석 선생은 임제 선사의 "[내가] 주인이 되는 곳이면 그 어디나 서 있는 곳이 실재(隨處作主 立處皆眞)"라는 말에서 "내가 주인이 된다"는 "작주作主"를 "내가 주님을 위[敬愛]한다"는 뜻의 "위주爲主"로 고쳤다. 이것은 자연에 속한 내가 곧 주인(신)이라는 우주 내재적 범신론을 우주 초월적 유신론으로 바꾼 것이다. 내 뜻을 비운 겸허하고 가난한 심령으로 주님을 경외하고 사랑하면 그 어디나 하늘나라가 된다는 뜻이다. "너희는 먼저 그의 나라와 그의 의를 구하라, 그리하면 이 모든 것을 너희에게 더하시리라"(마 6:33)와 "하나님을 사랑하는 사람들, 곧 하나님의 뜻대로 부르심을 받은 사람들에게는, 모든 일이 합력하여 선을 이룬다"(롬 8:28)도 같은 맥락이다.

다석의 "하루살이"도 하이데거의 "시숙時熟"과 비슷한 개념으로 보이지만 하이데거의 시숙은 시간적, 자연적 존재의 시숙인

데 반하여 다석의 시숙은 초시간적 존재의 시숙이다. 하이데거는 때가 정해진 죽음은 공포를 일으키는 데 반하여, 언제 죽을지 모르는 때가 정해지지 않은 죽음은 불안을 자아낸다고 한다. 이 죽음의 불안을 극복하는 길은 선구자처럼 미래의 죽음으로 결연히 "미리 달려감Vorlaufen, 先驅"으로써 죽음을 현재로 가져와 아직 때가 오지 않아 성숙하지 않은 사과死果를 조숙시켜야 진정한 나 자신의 "본래적eigentlich: "ownmost", authentic" 실존을 살 수 있다고 한다. 이것이 "시숙Zeitigung: ripeness, timing, timeliness, temporalizing, kairós" 이다. 시숙은 "죽을 준비를 하는 것이 가장 중요하다("Ripeness is all." 《리어왕》, "Readiness is all." 《햄릿》)"라고 말한 셰익스피어의 통찰을 철학적으로 표현한 것이다. 미래의 죽음을 오늘로 당겨 왔으므로 오늘 하루만 사는 다석 선생의 "하루살이"도 시숙이다. 고통의 의미를 발견하여 스트레스를 해소하는 로고테라피를 창안한 빅토르 프랑클Viktor Frankl은 "한 번에 하루만(One day at a time)" 살자는 좌우명을 아우슈비츠 감옥 방에 붙여 놓고 그대로 실천하여 죽음의 수용소에서 살아 나왔다 한다. 예수님께서는 "내일 일을 위하여 염려하지 말라. 내일 일은 내일이 염려할 것이요. 한 날의 괴로움은 그 날로 족하니라."(마 6:34)라고 말씀하셨다. 하이데거의 현존재는 죽음이 천국의 영생으로 이어지지 않는 직선적 시간의 존재다. 그러므로 죽음의 "불가능성으로부터 가능성"을 쟁취하기 위해 히틀러와 같은 독재도 주저하지 않고 "저지르게" 된다. "본래적"이란 독어 "eigentlich"

의 영어 역어 "authentic"의 어원은 헬라어로 "스스로autos 저지른다hauto"는 뜻이다. 그와 정반대로 성경에서는 죽음을 준비하고 기다리는 것을 영생을 주시는 신랑 예수 그리스도를 맞이하기 위해 기름을 준비하고 등불을 켜고 "깨어" 기다리는 슬기로운 열 처녀에 비유하고 있다(마 25:1-13). "깨어 있으라. 그 날과 그 시를 알지 못한다"는 말은 죽을 때가 불확정하므로 "시숙"하라는 하이데거의 말과 같다. 그러나 "시작 안에 끝이 있는" [엘리엇] 직선적 하이데거의 시간적 존재와 달리 "끝 속에 시작이 있는" [엘리엇] 원형적 영원에서는 죽음이 불가능성이 아니라 영원한 가능성이다. 열 처녀의 시숙은 "불가능성의 가능성"이 아니라 "가능성의 가능성"이므로 하이데거의 시간적 실존처럼 조급한 나머지 무리를 저지를 필요가 없다.

(6) 미분: 토마스 아퀴나스는 앞에서 말한 바와 같이 영원을 원의 중심, 시간을 원주에 비교했다. 이 시간은 과거에서 미래로 직선으로 달려 미래의 낭떠러지로 떨어져 죽는 크로노스로서의 시간이 아니라 "내 끝 안에 시작이 있는" 시중으로서의 카이로스다. 원주 전체는 원 중심이 확대된 동심원으로 영원과 일치한다. 미분의 원시적 형태는 그리스의 아르키메데스의 "실진법失盡法, method of exhaustion"이다. 그는 원주의 길이를 측정하여 그 길이를 지름으로 나누어 파이를 구했다. 아르키메데스의 실진법은 변들이 직선으로 이루어진 6각형 두 개를 원에 내접과 외접시켜 12각형, 24각형, 48각형, 96각형으로 한 변의 길이를 점

점 미분 축소하여 내접과 외접 96각형의 길이를 잰 다음 두 길이의 평균값을 원주의 길이로 삼은 것이다. 다각형의 한 변 길이를 계속 미분하여 축소하면 다각형과 원 사이에 빈 공간이 점점 소실되어 소진되므로 실진법이라고 명명했다. 들어가는 말에서도 살펴본 이 실진법은 시공 4차원에서 타임머신의 속도가 광속에 접근하면 할수록 시공간의 길이가 점점 축소하는 것에 비유할 수 있다. 그러나 미분의 효시인 이 실진법은 다각형의 한 변의 길이를 0에 무한히 접근시킬 뿐 0에 이르게 미분할 수는 없다. 그것이 한 변의 길이가 0에 무한히 접근한다는 뜻의 "극한치(limit)" 개념이다: 즉 "lim → 0"이다. 중세의 신비 박사로 불리는 니콜라우스 쿠자누스는 《학습된[박학한] 무식De docta ignorantia》에서 그리스도를 사각형이 무한과 동일한 lim=0으로 정의했다. 하나님의 아들로서의 그리스도는 시공간을 초월한 존재이므로 수량으로 계산할 수 없는 불가사의한 존재이기 때문이다.

연금술사(현자)의 돌의 모습은 이 실진법과 유사하다.* 한가운데 낙원을 상징하는 소원 안에 하와와 아담의 그림이 있다. 실낙원은 그 원에 외접하는 사각형이고, 복낙원의 과정은 삼위를 상징하는 그 사각형에 외접하는 삼각형이며, 마지막으로 그

* 다음 웹주소에 있는 그림 두개를 보라: https://en.m.wikipedia.org/wiki/Philosopher%27s_stone

에 외접하는 큰 원을 그린다. 처음의 소원이 낙원이고 제일 바깥의 큰 원이 복낙원의 상징이다. 복낙원으로 돌아가는 귀일의 방법은 다음과 같다. 실낙원의 상징인 사각형을 삼위일체의 상징인 삼각형으로 둘로 나누고 다음에는 두 삼각형의 한 변을 밑변으로 하는 이등변삼각형을 네 개 만들고, 또다시 네 개의 이등변삼각형의 빗변을 밑변으로 하는 더 작은 이등변 삼각형을 8개 만든다. 이런 과정을 반복하여 한 변의 길이가 0에 접근할 때까지 다각형의 변들의 길이를 미분한다. 최초 낙원의 상징인 작은 원은 타락하기 전의 순금이고, 사각형은 타락한 후의 실낙원의 비금속이며, 제일 밖의 큰 원은 삼위일체 하나님, 특히 성자 예수 그리스도의 사랑의 십자가 고통의 용광로에서 옛사람의 죄를 상징하는 비금속이 정련되어 목이 곧은 직선이 미분되어 순금으로 회복된 복낙원의 상태를 상징한다. 필자는 성화 과정을 내 뜻 곧 내 욕망의 직선을 0에 접근할 때까지 무한히 미분하는 과정으로 유추한다. 이 미분이 나의 정욕을 비우고 부정하는 십자가의 길이다. 십자가는 장자의 도추처럼 지도리를 하나님의 원 중심에 고정(집중)시키고 지도리 십자가를 지고 돌며 그리는 원이다. 그러면 끝이 시작으로 이어진다. 십자가를 지시기까지 하나님과 동등됨을 비우고 자기를 겸허히 낮추어 순종한 겸허는 끝나지 않고 다시 부활로 이어지므로 끝이 없다. 목에 힘을 준 교만한 곧은 목으로 달리는 직선은 처음이 다시 끝으로 이어지지 않고 끝난다. 엘리엇의 "겸허는 영원하다

(Humility is endless)"를 이러한 도추로 해석할 수 있다.

나가는 말

궁수가 과녁의 정곡을 맞히는 것이 다석의 "가온찌기" 즉 "꼭대기"이며, "과거와 미래가 모여" 시와 종의 간격이 있는 시간의 간격이 0으로 축소되어 사라진 무시간의 영원한 현재인 엘리엇의 "정점定點, still point"이다.* 그리고 자비와 잔인한 정의가 하나로 모여 간격이 사라져 "잔인한 자비"의 역설로 계시된 하나님의 "의"다. 의는 히브리어로 "체데크tsedeq"다. 히브리어 사전에 의하면 체데크의 뜻은 (1) 자비, (2) 의, (3) 진리다. 체데크는 자비와 잔인한 정의의 심판이라는 상호 모순된 "낯선" 역설의 묘리가 빌라도가 믿었던 상대적 진리(truth)와 차원이 다른 "절대 진리the Truth"다(요 18:37-38). "체데크"의 어원은 하나님을 직시('딕'〈덱)하면, 좌측의 잔인과 우측의 자비의 양측(체)이 모두 중심점처럼 간격이 사라진 무차(분)별한 '하나'님의 '하나'가 된다는 뜻이다. 주를 앙모하는 독수리처럼 전심 전령 전력의 믿음과

* 이명섭, 〈유영모의 가온찌기와 엘리엇의 정점still point〉, 219-292. 이 글은 2008년 7월 30일부터 8월 5일까지 서울대학교에서 열렸던 제22회 세계철학대회에서 발표한 논문을 개정증보한 것임.

사랑의 집중으로 이 영원의 삼층천에 붕 떠오르면, 직선의 차별된 간격이 사라져 시와 종이 동일한 만물제동의 원융무애한 자유의 하늘나라다. 현재 선생의 "일도출생사 일체무애인"은 도추를 달리 설명한 것이다. 하나님의 한 도에 주일무적하면 원융무애한 원이 되어 생사의 분별이 사라져 생사에서 탈출하고 공간의 간격이란 장애물이 사라지니 아무 데도 걸림이 없는 대자유인이 된다. "나는 길이요, 진리요, 생명"(요 14:6)이라는 그리스도의 말씀을 "빛(진리), 힘(길), 숨(생명)"으로 고쳐 쓴 현재 선생의 말도 빛인 하나님에게 집중하여 정신 통일하면, 하나님의 은덕을 받아 힘(덕)이 생겨 독립하여 굳게 설 수 있다(믿게 되면 굳게 서진다)(사 7:9)는 말이다. 생명이 충만한 원융무애 상태에 이르면 장애물이 없어 자유로워진다. 그러므로 현재 선생은 빛은 통일, 힘은 독립, 숨은 자유와 같다고 했다. 필자는 빛 힘 숨을 경敬, 권權, 영寧으로 다시 써 본다. 경敬은 주일무적의 집중이다. 집중하면 아름다운 균형[權]의 대칭성을 이루는 원이 된다. 그러면 불가사의한 하나님의 평화[寧]가 온다. "청야음"이 형상화한 만물제동의 진리다. "죽어 산 예수"가 걸으신 "귀일"의 비아 돌로로사이다. 자전거를 타고 인생길을 달릴 때 "저 높은 곳을 향해 날마다 나아가"듯 앞의 중심만 쳐다보고 페달을 밟으면 좌측 핸들과 우측 핸들이 하나님의 은덕의 힘으로 저절로 좌우로 미세 조율되면서 굳게 설 수 있게 되어 우로 굽은 길이나 좌로 굽은 길이나 모두 하나의 중으로 통일되어 어디로든지 자유롭게 달려갈 수 있다. 주님만 경외하면 그 어디나 천국이다. "수처위주 입처개진隨處爲主 立處皆眞"이다.

김석 시인이 만물제동의 유추인 석汐이라는 필명을 짓게 된 것은 결코 우연이 아니다. 시인으로 그는 연경반 엘리엇 강해 시간에 제일 앞자리에 앉아 시선을 강의자의 얼굴에 가온찌기 하고 경청하며 가끔 "아멘!"으로 화답했었다. 만물제동의 석은 전심 전령 전력으로 아름다운 균형의 하나님을 믿고 사랑하여 영원한 생명의 정점인 가온찌기에서 그 어디나 천국이 되도록 살아왔고 또 살아 영원한 생명을 얻었으며 얻으라는 천명이라고 필자는 믿는다.

비아 돌로로사

초판 1쇄 인쇄 2017년 8월 14일
초판 1쇄 발행 2017년 8월 31일

지은이 | 김택희
발행인 | 강봉자 · 김은경

펴낸곳 | (주)문학수첩
주　소 | 경기도 파주시 회동길 192(문발동 513-10) 출판문화단지
전　화 | 031-955-4445(대표번호), 4500(편집부)
팩　스 | 031-955-4455
등　록 | 1991년 11월 27일 제16-482호

홈페이지 | www.moonhak.co.kr
블로그 | blog.naver.com/moonhak91
이메일 | moonhak@moonhak.co.kr

ISBN 978-89-8392-665-4 03810

「이 도서의 국립중앙도서관 출판예정도서목록(CIP)은 서지정보유통지원시스템 홈페이지(http://seoji.nl.go.kr)와 국가자료공동목록시스템(http://www.nl.go.kr/kolisnet)에서 이용하실 수 있습니다.(CIP제어번호: CIP2017019259)」

* 파본은 구매처에서 바꾸어 드립니다.

문학수첩
시인선

001 그리고 그 以後 박남수
002 수학 노트에 쓴 사랑 김홍렬
003 내일로 가는 밤길에서 조병화
004 지상의 한 사나흘 강계순
005 몇날째 우리 세상 이유경
006 짧은 만남 오랜 이별 김대규
007 오늘 잠시 내 곁에 머무는 행복 이동진
008 홀로서기 1 서정윤
009 홀로서기 2 서정윤
010 홀로서기 3 서정윤
011 홀로서기 4 서정윤
012 홀로서기 5 서정윤
013 떠남 유자효
014 앉은뱅이꽃의 노래 이정우
015 버리기와 버림받기 임신행
016 열반의 별빛 석용산
017 내 마음속에 사랑의 집 한 채 주장환
018 서쪽에 뜨는 달 최송량
019 당신의 이름 이성희
020 노을 속에 당신을 묻고 강민숙
021 그대 바다에 섬으로 떠서 강민숙
022 꽃씨 최계락
023 꼬까신 최계락
024 1달러의 행복 이동진
025 검은 풍선 속에 도시가 들어 있다 안경원
026 실밥을 뜯으며 박해림
027 가끔 절망하면 황홀하다 서정윤
028 내 생애의 바닷가에서 이정우
029 사랑, 내 그리운 최후 양승준
030 오늘은 무요일 민웅식
031 지금은 알 것 같습니다 이수오
032 우리는 정말 너무 모른다 이중호
033 결혼, 맛있겠다 최명란
034 잠적, 그 뒤를 밟으면 박정원
035 등신불 시편 김종철
036 못에 관한 명상 김종철

037 어머니, 그 삐뚤삐뚤한 글씨 신달자
038 슬픈 사랑 서정윤
039 풀잎 속의 잉카 윤춘식
040 가슴속 호리병 하나 윤기일
041 새, 하늘에 날개를 달아주다 조영서
042 사랑은 없다 박영우
043 꿈꾸는 새는 비에 젖지 않는다 김영은
044 한내실 이야기 이수오
045 평화로운 비밀 추명희
046 위기의 꽃 정숙
047 나는 날마다 네게로 흐른다 조예린
048 기다림에도 색깔이 있나 보다 강민
049 절벽 위의 붉은 흙 이옥진
050 낙산사 가는 길 유경환
051 칼 또는 꽃 문현미
052 어린 순례자 김춘추
053 바보 꿀벌 홍우계
054 반추 박이도
055 이미지로 있는 形象 홍완기
056 염소와 풀밭 신현정
057 강물 옆에서 윤홍선
058 그리움의 초상 이영진
059 흐르는 섬 김여정
060 깜냥 이인수
061 소멸의 기쁨 허영자
062 유리그릇 이상옥
063 입술 없는 꽃 메블라나 잘라루딘 루미
064 잠자는 거리 혹은 가라앉는 지층 다이 요코
065 나를 조율한다 시바타 산키치
066 7개의 밤의 메모 혼다 히사시
067 이제야 너희를 만났다 신달자
068 저 높은 곳에 산이 있네 이수오
069 설국 김윤희
070 오래도록 내 안에서 김정인
071 절정을 복사하다 이화은
072 고호 가는 길 이희숙
073 주몽의 하늘 윤금초
074 지붕 위를 걷다 김윤
075 어머니, 우리 어머니 김종철, 김종해
076 따옴표 속에 서정윤
077 꽃은 바람을 탓하지 않는다 강민숙
078 저녁 흰새 이병금
079 오두막집에 램프를 켜고 박호영
080 언제나 얼마간의 불행 다카하시 기쿠하루
081 풍선 속에 갇힌 초상화 이승순
082 내게는 멀고 흐리다 김혜정
083 당신의 촛불 켜기 김문희
084 바람은 새의 기억을 읽는다 김준철
085 상현달에 걸린 메아리 조미희
086 제1분 박남철
087 두 개의 고향 미쿠모 도시코
088 달전을 부치다 신혜경
089 마음의 길 이정우
090 노을의 등뼈 서정윤
091 홀로서기(개정판) 서정윤
092 밤새 이상을 읽다 김병호
093 입술거울 최정란
094 못의 사회학 김종철
095 춤 홍성란
096 심장이 아프다 김남조
097 정은 여기 두고 민웅식
098 미간 이화은
099 추사를 훔치다 이근배
100 역에서 역으로 감태준
101 시집보내다 오탁번
102 체 게바라와 브라우니 조미희
103 김종철 시전집 김종철
104 울 엄마 이희숙
105 바람의 눈썹 김택희
106 문득 만난 얼굴 주원규
107 비아 돌로로사 김석